Das Buch

Der junge Leutnant Glah
Jahre zurückliegenden No
ges kam Edvarda vorbei,
herrn Mack von Sirilund: fünfzehn oder sechzehn
Jahre alt, mit einem braunen Gesicht, langen, dunklen
Händen und einem großen Mund, der leuchtete ...
›Pan‹ spiegelt die tiefe Naturverbundenheit des berühmten norwegischen Erzählers und seine Vorliebe für exzentrisches, individualistisches Dasein am Rande der Zivilisation. Der Roman war in Norwegen ein großer Erfolg und übte bedeutenden Einfluß auf die deutsche Literatur der Jahrhundertwende aus.

Der Autor

Knut Hamsun (eigentlich Knut Pedersen), geboren am 4. August 1859 in Lom/Gudbransdal, gestorben am 19. Februar 1952 in Nørholm, durchlitt eine harte Jugend, übte verschiedene Berufe in Nordamerika und Norwegen aus, bis sich 1890 ein erster literarischer Erfolg mit dem autobiographischen Roman ›Hunger‹ einstellte. Hamsun lebte mehrere Jahre in Paris und bereiste Finnland, Rußland, Persien und die Türkei. 1920 erhielt er für den Roman ›Segen der Erde‹ den Nobelpreis. – Weitere Werke u.a.: ›Mysterien‹ (dt. 1894), ›Neue Erde‹ (dt. 1894), ›Gedämpftes Saitenspiel‹ (dt. 1910), ›Das letzte Kapitel‹ (dt. 1924), ›August Weltumsegler‹ (dt. 1930), ›Der Ring schließt sich‹ (dt. 1936) Romane; ›Victoria‹ (dt. 1899) Novelle; ›Königin Tamara‹ (dt. 1903), ›Abendröte‹ (dt. 1904) Dramen; ›Auf überwachsenen Pfaden‹ (dt. 1950) Autobiographie.

Knut Hamsun

Pan

Aus Lieutenant Thomas Glahns Papieren
Roman

Aus dem Norwegischen von
S. Angermann und J. Sandmeier

Deutscher
Taschenbuch
Verlag

Titel der Originalausgabe:
›Pan. Af Løjtnant Thomas Glahns Papirer‹ (1894)
Deutsche Erstausgabe 1895

Von Knut Hamsun
sind im Deutschen Taschenbuch Verlag erschienen:
Segen der Erde (11055)
Victoria (11107)
Unter Herbststernen / Gedämpftes Saitenspiel /
Die letzte Freude (11122)
Mysterien (11157)
Auf überwachsenen Pfaden (11177)
Benoni (11221)
Landstreicher (11248)
August Weltumsegler (11320)
Hunger (11398)
Nach Jahr und Tag (11433)
Kinder ihrer Zeit (11479)

Robert Ferguson: Knut Hamsun (11491)

Vollständige Ausgabe
April 1996
Deutscher Taschenbuch Verlag GmbH & Co. KG,
München
© der deutschsprachigen Ausgabe:
Langen Müller Verlag, München
Mit Genehmigung der F. A. Herbig
Verlagsbuchhandlung GmbH, München
Umschlaggestaltung unter Verwendung des Gemäldes ›Die Wolke‹ von
Prinz Eugen von Schweden
Gesetzt aus der Stempel Garamond 10,5/12˙ (WinWord)
Gedruckt auf säurefreiem, chlorfrei gebleichtem Papier
Gesamtherstellung: C. H. Beck'sche Buchdruckerei,
Nördlingen
Printed in Germany · ISBN 3-423-12157-2

I

In den letzten Tagen dachte und dachte ich an des Nordlandsommers ewigen Tag. Ich sitze hier und denke an ihn und an eine Hütte, in der ich wohnte, und an den Wald hinter der Hütte, und ich mache mich daran, einiges niederzuschreiben, um die Zeit zu verkürzen und um meines Vergnügens willen. Die Zeit ist sehr lang, sie will mir nicht so rasch vergehen, wie ich möchte, obwohl ich über nichts traurig bin und obwohl ich das lustigste Leben lebe. Ich bin wohl zufrieden mit allem, und meine dreißig Jahre sind kein Alter. Vor einigen Tagen erhielt ich ein paar Vogelfedern von weither zugesandt, von einem Menschen, der sie mir nicht schuldig war, aber es waren zwei grüne Federn, in einem Bogen Briefpapier, der eine Krone trug und mit einer Oblate versiegelt war. Es machte mir auch Vergnügen, zwei so teuflisch grüne Vogelfedern zu sehen. Und sonst habe ich keine andere Plage, als hin und wieder ein wenig Gicht in meinem linken Fuß infolge einer alten Schußwunde, die nun seit langem geheilt ist.

Ich erinnere mich, daß vor zwei Jahren die Zeit sehr rasch verging, ohne Vergleich viel rascher als jetzt, ein Sommer war vorbei, bevor ich es recht wußte. Das war vor zwei Jahren, 1855 – ich will davon schreiben, um meines Vergnügens willen, es geschah mir etwas oder ich träumte es. Nun habe ich vieles vergessen, was zu diesen Erlebnissen gehört, denn ich habe seither fast nie mehr daran gedacht: Aber ich weiß noch, daß die Nächte sehr hell waren. Viele Dinge kamen

mir auch so verkehrt vor, das Jahr hatte zwölf Monate, aber die Nacht wurde Tag, und niemals war ein Stern am Himmel zu sehen. Und die Leute, die ich traf, waren eigentümlich und von einer anderen Natur als die Leute, die ich von früher kannte; hie und da vermochte eine Nacht sie aus Kindern in ihrer ganzen Herrlichkeit emporschießen zu lassen, reif und voll erwachsen. Darin war keine Zauberei, aber ich hatte es vorher nicht erlebt. O nein.

In einem großen weißgestrichenen Haus unten am Meer traf ich jemand, der für eine kurze Zeit meine Gedanken beschäftigte. Ich erinnere mich ihrer nicht mehr beständig, nicht jetzt, nein, ich habe sie ganz vergessen; aber ich denke dafür an all das andere, an den Schrei der Seevögel, an meine Jagd in den Wäldern, meine Nächte, an alle die warmen Stunden des Sommers. Es war im übrigen sogar nur ein reiner Zufall, daß ich sie kennenlernte, und ohne diesen Zufall wäre sie nicht einen Tag in meinen Gedanken gewesen.

Von meiner Hütte aus konnte ich einen Wirrwarr von Inseln und Holmen und Schären sehen, ein wenig von der See, einige blauende Berggipfel; und hinter der Hütte lag der Wald, ein ungeheurer Wald. Ich war voll Freude und Dank bei dem Duft von Wurzeln und Laub und von dem fetten Dunst der Kiefer, der an den Geruch von Mark erinnert; erst im Wald kam alles zur Ruhe in mir, meine Seele wurde ausgeglichen und voller Macht. Ich ging Tag für Tag durch die Waldhöhen, mit Äsop an meiner Seite, und ich wünschte nichts lieber, als daß ich Tag für Tag hier gehen dürfte, obwohl noch Schnee und weiche Frühjahrsschmelze über der halben Gegend lagen. Mein einziger Kame-

rad war Äsop; nun habe ich Cora, aber damals hatte ich Äsop, meinen Hund, den ich später erschoß.

Oft, am Abend, wenn ich nach meiner Jagd wieder zur Hütte heimkam, konnte ein geborgenes Gefühl des Zuhauseseins mich von oben bis unten durchrieseln, ja, mein Inneres in liebe Erschütterungen bringen, und ich ging umher und schwätzte mit Äsop darüber, wie gut es uns ging. So, nun machen wir Feuer und braten uns hier am Herd einen Vogel, sagte ich, was meinst du dazu? Und wenn das alles getan war und wir beide gegessen hatten, kroch Äsop an seinen Platz hinter der Feuerstätte, während ich die Pfeife anzündete und mich für eine Weile auf die Pritsche legte und auf das tote Sausen im Wald lauschte. Es war ein schwacher Zug in der Luft, der Wind stand auf der Hütte, und ich konnte deutlich das Rascheln des Spielhahns hören, weit hinten auf den Höhen. Sonst war alles still.

Und manches Mal schlief ich ein, wo ich lag, in allen Kleidern, wie ich ging und stand, und erwachte nicht eher, als bis die Seevögel zu schreien begonnen hatten. Wenn ich dann aus dem Fenster sah, konnte ich die großen weißen Gebäude des Handelsplatzes erkennen, die Ladebrücken von Sirilund, den Kramladen, wo ich mein Brot kaufte, und ich blieb eine Weile liegen, verwundert darüber, daß ich mich hier in einer Hütte im Nordland befand, am Rande des Waldes.

Dann schüttelte Äsop seinen langen schmalen Körper dort bei der Feuerstätte, es klirrte in seinem Halsband, er gähnte und wedelte, und ich sprang nach diesen drei, vier Stunden Schlaf auf, ausgeruht und voller Freude über alles, alles. So ging manche Nacht.

2

Es kann regnen und stürmen, nicht darauf kommt es an, oft kann eine kleine Freude sich an einem Regentag eines Menschen bemächtigen und ihn mit seinem Glück abseits treiben. Man stellt sich hin und beginnt geradeaus zu sehen, hin und wieder lacht man leise und sieht sich um. Woran denkt man? An eine klare Scheibe in einem Fenster, einen Sonnenstrahl in der Scheibe, eine Aussicht auf einen kleinen Bach oder vielleicht an einen blauen Spalt im Himmel. Es braucht nicht mehr zu sein.

Zu anderen Zeiten vermögen selbst ungewöhnliche Ereignisse nicht, uns aus einer gleichmäßigen und armseligen Stimmung aufzurütteln; mitten in einem Ballsaal kann man gleichgültig, sicher und unbeeinflußt dasitzen. Denn das eigene Innere des einzelnen ist die Quelle der Trauer oder der Freude.

Ich erinnere mich eines bestimmten Tages. Ich war an die Küste heruntergekommen. Der Regen überraschte mich, und ich ging in einen offenen Bootsschuppen und setzte mich einstweilen. Ich summte ein wenig, aber ohne Freude und ohne Laut, nur um die Zeit zu vertreiben. Äsop war dabei, er setzte sich, um zu horchen, ich halte mit dem Summen inne und lausche auch, man hört Stimmen draußen, es nähern sich Menschen. Ein Zufall, ein sehr natürlicher Zufall! Eine Gesellschaft von zwei Herren und einem Mädchen kam Hals über Kopf zu mir herein. Sie riefen einander lachend zu:

Schnell! Hier finden wir so lange Unterschlupf!

Ich erhob mich.

Der eine Herr hatte ein weißes, ungestärktes Vor-

hemd an, das nun obendrein vom Regen aufgeweicht war und in Falten herabhing; in diesem nassen Vorhemd saß eine Diamantspange. Er hatte an den Füßen lange spitze Schuhe, die etwas geckenhaft aussahen. Ich grüßte den Mann, es war Herr Mack, der Kaufmann, ich erkannte ihn wieder, vom Handelsplatz her, wo ich Brot gekauft hatte. Er hatte mich sogar einmal in die Familie eingeladen, ohne daß ich bis jetzt dort gewesen war.

Ah, ein Bekannter! sagte er, als er meiner ansichtig wurde. Wir waren auf dem Weg zur Mühle hinaus, da mußten wir umkehren. So ein Wetter, was? Aber wann kommen Sie endlich nach Sirilund, Herr Leutnant? Er stellte den kleinen schwarzbärtigen Herrn vor, der dabei war, einen Doktor, der bei der Annexkirche wohnte.

Das Mädchen schob den Schleier ein wenig über die Nase und begann gedämpft mit Äsop zu plaudern. Ihre Jacke fiel mir auf, am Futter und an den Knopflöchern konnte ich sehen, daß sie aufgefärbt war. Herr Mack stellte auch sie vor, sie war seine Tochter und hieß Edvarda.

Edvarda gab mir einen Blick durch den Schleier, dann flüsterte sie weiter mit dem Hund und las auf seinem Halsband:

Soso, du heißt Äsop ... Doktor, wer war Äsop? Das einzige, woran ich mich erinnere, ist, daß er Fabeln verfaßte. War er nicht Phrygier? Nein, ich weiß nicht.

Ein Kind, ein Schulmädchen. Ich betrachtete sie, sie war groß, aber ohne Formen, ungefähr fünfzehn, sechzehn Jahre, mit langen, dunklen Händen ohne Handschuhe. Sie hatte vielleicht an diesem Nachmit-

tag in einem Lexikon bei Äsop nachgeschlagen, um dies gleich zur Hand zu haben.

Herr Mack fragte mich nach meiner Jagd aus. Was ich am meisten schösse? Ich könnte jederzeit eines seiner Boote zu meiner Verfügung haben, ich brauche es nur zu sagen. Der Doktor sprach kein Wort. Als die Gesellschaft ging, fiel mir auf, daß der Doktor etwas hinkte und den Stock gebrauchte.

Ich wanderte heim, in der gleichen leeren Stimmung wie vorher und summend vor Gleichgültigkeit. Diese Begegnung im Bootsschuppen berührte mich in keiner Weise; an was ich mich am besten von der ganzen Sache erinnerte, war Herrn Macks durchweichtes Vorhemd, worin eine Diamantspange saß, auch diese naß und ohne stärkeren Glanz.

3

Es stand ein Stein draußen vor meiner Hütte, ein hoher, grauer Stein. Er hatte einen Ausdruck des Wohlwollens für mich; es war, als sähe er mich, wenn ich gegangen kam, und erkenne mich wieder. Ich nahm gerne meinen Weg an diesem Stein vorbei, wenn ich im Morgendämmern ausging, und es war geradeso, als wenn ich einen guten Freund dort hinterließe, der auf mich wartete, bis ich zurückkäme.

Und droben im Wald begann die Jagd. Vielleicht schoß ich etwas und vielleicht nicht...

Außerhalb der Inseln lag das Meer in schwerer Ruhe. Ich stand da und sah darauf hin, von den Höhen, oft, wenn ich hoch oben war; an stillen Tagen kamen die Schiffe fast gar nicht vorwärts, ich konnte

das gleiche Segel drei Tage lang sehen, klein und weiß wie eine Möwe auf dem Wasser. Aber manchmal, wenn der Wind umsprang, konnten die Berge in der Ferne fast verschwinden, ein Unwetter zog auf, Südweststurm, ein Schauspiel, bei dem ich Zuschauer war. Alles stand in Rauch. Die Erde und der Himmel wurden vermengt, das Meer tummelte sich in verrenkten Lufttänzen, bildete Männer, Pferde und zerfetzte Fahnen. Ich stand im Windschutz unter einem Felsen und dachte mir allerhand Dinge, meine Seele war gespannt. Gott weiß, dachte ich, wessen ich heute Zeuge bin und weshalb sich das Meer vor meinen Augen öffnet. Vielleicht schaue ich in dieser Stunde das Innere des Gehirns der Erde, wie dort gearbeitet wird, wie alles siedet. Äsop war unruhig, hie und da streckte er die Schnauze aufwärts und windete, wetterkrank, bebend, empfindlich in den Beinen; da ich nicht zu ihm sprach, legte er sich zwischen meine Füße und starrte wie ich über das Meer hinaus. Und kein Ruf, keines Menschen Wort, war von irgendwo zu hören, nichts, nur das schwere Sausen rings um meinen Kopf. Es lag eine Schäre weit draußen, die lag allein; wenn sich die See an dieser Klippe brach, steilte sie sich auf wie eine wahnwitzige Schraube, nein, wie ein Meergott, der sich naß in die Luft erhob und über die Welt hinsah, schnaubend, daß Haar und Bart wie ein Rad um sein Haupt standen. Dann tauchte er wieder in die Brandung nieder.

Und mitten im Sturm schlug sich ein kleines kohlschwarzes Dampfschiff vom Meer herein durch...

Als ich am Nachmittag zur Ladebrücke hinterging, war das kleine kohlschwarze Dampfschiff in den Hafen gekommen; es war das Postschiff. Viele Men-

schen waren auf dem Kai anwesend, um den seltenen Gast zu betrachten; ich bemerkte, daß alle miteinander ohne Ausnahme blaue Augen hatten, wie verschieden sie sonst auch sein mochten. Ein junges Mädchen mit einem weißen Wolltuch um den Kopf stand ein Stück weit entfernt; sie hatte sehr dunkles Haar, und das weiße Tuch stach seltsam gegen das Haar ab. Sie sah neugierig auf mich, auf meinen Lederanzug, mein Gewehr; als ich zu ihr sprach, wurde sie verlegen und wandte den Kopf ab. Ich sagte: Du solltest immer dieses weiße Tuch tragen, das kleidet dich. In diesem Augenblick schloß sich ihr ein grobgliederiger Mann im Islandjanker an, er nannte sie Eva. Sie war offenbar seine Tochter. Ich kannte den grobgliederigen Mann, es war der Schmied, der Schmied des Platzes. Er hatte vor einigen Tagen auf eine meiner Büchsen ein neues Zündrohr gesetzt...

Und Regen und Wind taten ihre Arbeit und schmolzen allen Schnee weg. Einige Tage lang trieb eine unfreundliche und kalte Stimmung über die Erde hin, morsche Äste brachen, und die Krähen sammelten sich in Scharen und schrien. Dies dauerte nicht lange, die Sonne war nahe, eines Morgens stand sie oben hinter dem Wald. Es durchfährt mich ein süßes Ziehen von oben bis unten, wenn die Sonne aufgeht; in einem stillen Jubel werfe ich die Büchse auf die Schulter.

4

In dieser Zeit litt ich keine Not an Wild, ich schoß, was ich wollte, einen Hasen, einen Spielhahn, ein

Schneehuhn, und wenn es sich traf, daß ich unten an der Küste war und dem einen oder dem anderen Seevogel nahe kam, schoß ich auch den. Das waren gute Zeiten, die Tage wurden länger und die Luft reiner, ich rüstete mich für zwei Tage aus und trieb in die Berge hinein, zu den Gipfeln. Ich traf Renlappen und bekam Käse von ihnen, kleine fette Käse mit einem kräuterartigen Geschmack. Ich war dort mehr als einmal. Wenn ich wieder heimging, schoß ich immer irgendeinen Vogel und steckte ihn in die Jagdtasche. Ich setzte mich und koppelte Äsop an. Eine Meile unter mir sah ich das Meer; die Bergseiten waren naß und schwarz vom Wasser, das an ihnen herunterrieselte, tropfte und rieselte mit der gleichen winzigen Melodie. Diese kleinen Melodien weit drinnen in den Bergen verkürzten mir manche Stunde, wenn ich dasaß und um mich blickte. Nun rieselt dieser kleine endlose Ton hier in seiner Einsamkeit, dachte ich, und niemand hört ihn, und niemand denkt an ihn, aber trotzdem rieselt er hier für sich die ganze Zeit, die ganze Zeit! Und es schien mir nicht mehr, daß das Gebirge so vollkommen öde war, wenn ich dieses Rieseln hörte. Ab und zu geschah etwas: Ein Donner erschütterte die Erde, ein Felsblock löste sich und stürzte hinunter zum Meer, einen Weg von Steinrauch hinterlassend; im selben Augenblick hob Äsop die Schnauze gegen den Wind und schnupperte verwundert den versengten Geruch ein, den er nicht verstand. Wo das Schneewasser Sprünge in die Felsen gebrochen hatte, war ein Schuß oder sogar nur ein scharfer Ruf genug, um einen großen Block loszureißen und ihn zum Stürzen zu bringen. Eine Stunde konnte vergehen, vielleicht mehr, die Zeit ging so schnell. Ich band Äsop los, warf

die Tasche über meine andere Schulter und begab mich nach Hause. Der Tag neigte sich. Unten im Wald stieß ich unausweichbar auf meinen alten bekannten Steig, ein schmales Band von einem Steig, mit den sonderbarsten Windungen. Ich folgte jeder Windung und ließ mir gute Weile, es eilte nicht, es gab niemand, der daheim auf mich wartete; frei wie ein Herrscher ging ich da und trieb durch einen friedlichen Wald, genau so langsam, wie ich wollte. Alle Vögel schwiegen, nur der Spielhahn spielte weit weg, der spielte immer.

Ich kam aus dem Wald heraus und sah zwei Menschen vor mir, zwei wandernde Menschen, ich holte sie ein, der eine war Jungfer Edvarda, ich erkannte sie und grüßte; der Doktor begleitete sie. Ich mußte ihnen meine Büchse zeigen, sie besahen meinen Kompaß, meine Tasche; ich lud sie in meine Hütte ein, und sie versprachen, einmal zu kommen.

Nun war der Abend da. Ich ging heim und machte Feuer, briet einen Vogel und hielt Mahlzeit. Morgen kommt wieder ein Tag...

Stille und Schweigen überall. Ich lag im Fenster und sah in den Abend hinaus. Ein Feenglanz weilte um diese Zeit über Land und Wald, die Sonne war untergegangen und färbte den Horizont mit einem fetten, roten Licht, das still stand wie Öl. Der Himmel war überall offen und rein, ich starrte in dieses klare Meer, und es war, als läge ich von Angesicht zu Angesicht dem Grund der Welt gegenüber und als schlüge mein Herz innig diesem nackten Grund entgegen und wäre dort daheim. Gott weiß, dachte ich bei mir selbst, warum sich der Horizont heute abend in Lila und Gold kleidet, ob das nicht ein Fest ist, droben in der Welt, ein Fest im großen Stil, mit Musik von den Ster-

nen und mit Bootsfahrten über die Ströme herab. Es sieht so aus! Und ich schloß die Augen und war mit dabei auf dieser Bootsfahrt, und Gedanken auf Gedanken segelten durch mein Gehirn ...

So ging mehr als ein Tag.

Ich streifte umher und beobachtete, wie der Schnee zu Wasser wurde und wie das Eis sich löste. An manchem Tage, wenn ich schon Essen genug in meiner Hütte hatte, schoß ich nicht einmal meine Büchse ab; ich trieb nur so umher in meiner Freiheit und ließ die Zeit gehen. Wohin ich mich wandte, war gleichviel zu sehen und zu hören, alles veränderte sich an jedem Tag ein wenig, selbst Weidengestrüpp und Wacholder standen da und warteten auf den Frühling. Ich ging zum Beispiel zur Mühle hinaus, die lag noch eingeeist; aber die Erde ringsherum war seit manchem Jahr des Herrn zertreten worden und zeugte davon, daß Menschen mit Kornsäcken auf dem Rücken hierher gekommen waren, um das Korn zu mahlen. Ich ging wie unter Menschen dort, an den Wänden waren auch viele Buchstaben und Jahreszahlen eingeschnitten.

Nun wohl.

5

Soll ich mehr schreiben? Nein, nein. Nur ein wenig um meines Vergnügens willen und weil es mir die Zeit verkürzt zu erzählen, wie der Frühling kam, vor zwei Jahren, und wie das Land aussah. Die Erde und das Meer begannen ein wenig zu riechen, es roch süßlich nach Schwefelwasserstoff von dem alten Laub, das im Walde faulte, und die Elstern flogen mit Zweigen im

Schnabel und bauten Nester. Ein paar Tage noch, und die Bäche schwollen an und begannen zu schäumen; hie und da sah man einen Kohlweißling, und die Fischer kamen von ihren Fangplätzen heim. Die beiden Segelschiffe des Kaufmanns kamen zurück, vollbeladen mit Fischen, und ankerten bei den Trockenplätzen; da war plötzlich Leben und Bewegung draußen auf der größten der Inseln, wo der Fisch auf den Klippen getrocknet werden sollte. Ich sah alles von meinem Fenster aus.

Aber zur Hütte drang kein Lärm, ich war und blieb allein. Dann und wann kam ein Mensch vorbei, ich sah Eva, die Tochter des Schmieds, sie hatte auf der Nase ein paar Sommersprossen bekommen.

Wo willst du hin? fragte ich.

In den Wald und Holz holen, antwortete sie still. Sie hielt einen Strick in der Hand, um das Holz damit zu tragen, und sie hatte ihr weißes Tuch auf dem Kopf. Ich sah ihr nach, aber sie wandte sich nicht um.

Dann vergingen viele Tage, bis ich wieder jemand sah. Der Frühling drang vor, und der Wald wurde heller; es war ein großes Vergnügen, die Drosseln zu beobachten, die in den Baumspitzen saßen, der Sonne entgegenstarrten und schrien; bisweilen war ich schon gegen zwei Uhr im Morgendämmern auf, um an der freudigen Stimmung teilzuhaben, die von Vögeln und Tieren ausging, wenn die Sonne emporstieg.

Der Frühling war wohl auch zu mir gekommen, und mein Blut klopfte zeitweise wie von Schritten. Ich saß in der Hütte und dachte daran, meine Angelruten und Schleppangeln nachzusehen, aber ich rührte nicht einen Finger, um etwas zu tun, eine frohe und dunkle Unruhe ging in meinem Herzen aus und ein. Da

sprang Äsop plötzlich auf, blieb auf steifen Beinen stehen und gab einen kurzen Laut. Es kamen Leute zur Hütte, ich nahm schnell die Mütze vom Kopf und hörte bereits Jungfer Edvardas Stimme in der Tür. Freundlich und anspruchslos kamen sie und der Doktor mich zu besuchen, wie sie es gesagt hatten.

Ja, er ist daheim, hörte ich sie sagen. Und sie trat ein und reichte mir, ganz wie ein kleines Mädchen, die Hand. Wir waren auch gestern hier, aber da waren Sie nicht zu Hause, erklärte sie.

Sie setzte sich auf meine Pritsche, auf die Decke, und sah sich in der Hütte um; der Doktor nahm neben mir auf der langen Bank Platz. Wir sprachen zusammen, wir schwätzten frischweg, ich erzählte ihnen unter anderem, welche Arten von Tieren im Walde waren und welches Wild ich nicht mehr länger schießen dürfe, da es Schonzeit habe. Nun hatte der Spielhahn Schonzeit.

Der Doktor machte auch jetzt nicht viel Worte; aber als sein Blick auf mein Pulverhorn fiel, auf dem eine Panfigur war, fing er an, den Mythus von Pan zu erklären.

Aber, sagte Edvarda plötzlich, wovon leben Sie, wenn nun *alles* Wild geschont wird?

Von Fischen, antwortete ich. Meistens von Fischen. Es gibt immer etwas zu essen.

Aber Sie können ja zu uns zum Essen kommen, sagte sie. Voriges Jahr hatte ein Engländer Ihre Hütte, er kam auch oft zu uns zum Essen.

Edvarda sah mich an, und ich sah sie an. Ich fühlte in diesem Augenblick etwas an mein Herz rühren wie ein kleiner, flüchtiger, freundlicher Gruß. Das kam vom Frühling und dem hellen Tag; ich habe seitdem

darüber nachgedacht. Ich bewunderte außerdem ihre gewölbten Augenbrauen.

Sie sagte einige Worte über meine Behausung. Ich hatte die Wände mit verschiedenen Fellen und Vogelflügeln behängt; die Hütte glich innen einer zottigen Bärenhöhle. Das weckte ihren Beifall. Ja, das ist eine Bärenhöhle, sagte sie.

Ich hatte den Fremden nichts zu geben, was sie wohl hätten mögen können. Ich dachte daran und wollte spaßeshalber einen Vogel braten; sie sollten ihn auf Jägerweise essen, mit den Fingern. Das konnte ein kleiner Zeitvertreib sein.

Und ich briet den Vogel.

Edvarda erzählte von dem Engländer. Es war ein alter und eigener Mann gewesen, er sprach laut mit sich selbst. Er war Katholik, und wo er ging und stand, hatte er ein kleines Gebetbuch mit schwarzen und roten Buchstaben in der Tasche.

Da war er vielleicht Irländer? fragte der Doktor.

Irländer?

Ja, nicht wahr, wenn er Katholik war?

Edvarda errötete, sie stammelte und sah weg:

Na ja, vielleicht war er Irländer.

Von nun an verlor sie ihre Munterkeit. Sie tat mir leid, und ich wollte es wieder gutmachen. Ich sagte:

Nein, natürlich haben Sie recht damit, daß er Engländer war; Irländer reisen nicht nach Norwegen.

Wir machten aus, daß wir eines Tages hinausrudern und die Klippfischfelsen besehen wollten...

Nachdem ich meine Gäste ein wenig auf dem Weg begleitet hatte, ging ich wieder zurück und setzte mich hin, um an meinen Fischgeräten zu arbeiten. Mein Kescher hatte an einem Nagel bei der Tür gehangen,

und mehrere Maschen waren vom Rost schadhaft geworden; ich schärfte einige Angeln, knüpfte sie ein, sah die Angelschnüre nach. Wie schwer fiel es doch heute, etwas anzupacken? Störende Gedanken kamen und gingen in meinem Kopf; es kam mir vor, als hätte ich einen Fehler begangen, indem ich Jungfer Edvarda die ganze Zeit auf der Pritsche hatte sitzen lassen, anstatt ihr auf der Bank Platz anzubieten. Ich sah plötzlich ihr braunes Gesicht und ihren braunen Hals vor mir; die Schürze hatte sie ein wenig tiefer gebunden, um eine lange Taille zu haben, wie es Mode war; der keusche Mädchenausdruck ihres Daumens wirkte zärtlich auf mich und die Runzeln über dem Knöchel waren voller Freundlichkeit. Sie hatte einen großen Mund, der leuchtete.

Ich erhob mich, öffnete die Tür und lauschte hinaus. Ich hörte nichts, und es gab übrigens auch nichts zu lauschen für mich. Ich schloß die Tür wieder. Äsop kam von seinem Platz hervor und sah meine Unruhe. Es fiel mir ein, daß ich Jungfer Edvarda nachlaufen und sie um etwas Seidenfaden bitten könne, um meinen Kescher wieder instand zu setzen. Das war kein Vorwand, ich konnte den Kescher vorlegen und ihr die rostigen Maschen zeigen. Ich war schon vor die Tür gekommen, als ich mich daran erinnerte, daß ich selbst Seidenfaden hatte, in meinem Fliegenbuch, mehr sogar, als ich brauchte. Und ich ging sacht und mutlos wieder hinein, da ich selbst Seidenfaden hatte. Ein fremder Hauch schlug mir in der Hütte entgegen; als ich eintrat, war ich gleichsam nicht länger allein dort.

6

Ein Mann fragte mich, ob ich nicht mehr schösse; er habe nicht einen Schuß mehr in den Waldhöhen von mir gehört, obwohl er zwei Tage in der Bucht gelegen und gefischt habe. Nein, ich hatte nichts geschossen, ich hielt mich daheim in der Hütte, bis ich nichts mehr zu essen hatte.

Am dritten Tag ging ich auf die Jagd. Der Wald war ein wenig grün, es roch nach der Erde und den Bäumen, der Graslauch stach schon grün aus dem eisversengten Moos heraus. Ich war voller Gedanken und setzte mich öfters. Drei Tage lang hatte ich nicht mehr als diesen Menschen gesehen, diesen Fischer, den ich gestern traf; ich dachte, vielleicht stoße ich heute abend auf jemand, wenn ich heimgehe, am Rand des Waldes, wo ich letzthin den Doktor und Jungfer Edvarda traf. Es könnte sein, daß sie dort wieder spazierengingen, vielleicht und vielleicht nicht. Aber weshalb dachte ich gerade an diese zwei? Ich schoß ein paar Schneehühner und bereitete das eine gleich zu, danach nahm ich Äsop an die Leine.

Während ich aß, lag ich auf dem trockenen Boden. Es war still über der Erde, nur ein mildes Sausen des Windes und ab und zu ein Vogellaut. Ich lag und sah auf die Äste, die sachte im Luftzug wehten, der kleine Wind schaffte das Seine und trug Blütenstaub von Zweig zu Zweig und füllte jede unschuldige Narbe; der ganze Wald stand in Verzückung. Eine grüne Raupe, ein Spanner, wandert auf ihren Enden an einem Zweig entlang, wandert unaufhörlich, als könnte sie nicht verweilen. Sie sieht fast nichts, obwohl sie Augen hat, oft stellt sie sich senkrecht auf und tastet in

die Luft, um auf etwas zu treffen; sie sieht aus wie ein Stück grünen Fadens, der mit langsamen Stichen einen Saum am Ast entlang näht. Bis zum Abend ist sie vielleicht dorthin gekommen, wohin sie soll.

Immer still. Ich erhebe mich und gehe, setze mich und erhebe mich wieder. Es ist ungefähr vier Uhr; wenn es sechs Uhr wird, gehe ich heimzu und sehe, ob ich jemand treffe. Ich habe noch zwei Stunden, und ich bin schon etwas unruhig und bürste Heidekraut und Moos von meinen Kleidern. Ich kenne die Stellen, an denen ich vorbeikomme, Bäume und Steine stehen dort wie vorher in der Einsamkeit, das Laub raschelt unter meinen Füßen. Das eintönige Sausen und die bekannten Bäume und Steine sind zuviel für mich, ich werde von einer seltsamen Dankbarkeit erfüllt, alles läßt sich mit mir ein, vermischt sich mit mir, ich liebe alles. Ich hebe einen dürren Zweig auf und halte ihn in der Hand und sehe ihn an, während ich dort sitze und an meine Dinge denke, der Zweig ist fast verfault, seine armselige Rinde macht Eindruck auf mich, ein Mitleid wandert durch mein Herz. Und wie ich mich erhebe und gehe, werfe ich den Zweig nicht weit weg, sondern lege ihn nieder und bleibe stehen und finde Gefallen an ihm; zum Schluß sehe ich ihn ein letztes Mal mit nassen Augen an, bevor ich ihn dort zurücklasse.

Und es wird fünf Uhr. Die Sonne zeigt mir eine falsche Zeit, ich bin den ganzen Tag nach Westen gegangen und bin vielleicht meinen Sonnenzeichen bei der Hütte um eine halbe Stunde voraus. Auf all dieses bin ich aufmerksam; aber trotzdem habe ich eine Stunde bis sechs Uhr, deshalb erhebe ich mich wieder und gehe ein Stück. Und das Laub raschelt unter meinen Füßen. So verläuft die Zeit einer Stunde.

Ich sehe unter mir den kleinen Fluß und die kleine Mühle, die im Winter eingeeist gelegen hatte, und ich halte an; die Mühle geht, ihr Rauschen weckt mich, ich halte auf der Stelle an und mit einem Mal. Ich bin zu spät daran! sage ich laut. Ein Schmerz durchzuckt mich, ich kehre augenblicklich um und beginne heimwärts zu gehen, aber indessen weiß ich, daß ich zu spät daran bin. Ich beginne schneller zu gehen, zu laufen; Äsop versteht, daß es etwas gilt, er zieht am Riemen, reißt mich mit, winselt und hat es eilig. Das trockene Laub spritzt um uns. Aber als wir an den Rand des Waldes hinunter kamen, war niemand dort, nein, alles war still, es war niemand da.

Es ist niemand hier! sagte ich. Und dies war doch nicht schlimmer, als ich es erwartet hatte.

Ich blieb nicht lange stehen, sondern ging von allen meinen Gedanken gezogen weiter, ging an meiner Hütte vorbei, hinunter nach Sirilund, mit Äsop und der Jagdtasche und der Büchse, mit meinem ganzen Zubehör.

Herr Mack empfing mich mit der größten Freundlichkeit und lud mich für den Abend ein.

7

Ich glaube, daß ich ein wenig in den Seelen der Menschen lesen kann, die mich umgeben; vielleicht ist es nicht so. Oh, wenn ich meine guten Tage habe, da kommt es mir vor, als ob ich weit in die Seelen anderer hineinspähen könnte, obwohl ich im übrigen kein guter Kopf bin. Wir sitzen in einer Stube, einige Männer, ein paar Frauen und ich, und ich glaube zu sehen,

was im Innern dieser Menschen vorgeht; und was sie über mich denken. Ich lege in jedes Blinken, das ihre Augen durcheilt, etwas hinein; zuweilen schießt das Blut in ihre Wangen und macht sie rot, ein anderes Mal tun sie, als sähen sie nach einer anderen Richtung und behalten mich doch von der Seite ein wenig im Auge.

Da sitze ich und achte auf dies alles, und keiner ahnt, daß ich jede Seele durchschaue. Seit vielen Jahren habe ich gemeint, in aller Menschen Seelen lesen zu können. Vielleicht ist es nicht so ...

Ich blieb den ganzen Abend in Herrn Macks Stube. Ich hätte gleich wieder gehen können, es interessierte mich nicht, dort sitzen zu bleiben; aber war ich nicht gekommen, eben weil alle meine Gedanken mich hinzogen? Und konnte ich da gleich wieder meiner Wege gehen? Nach dem Essen spielten wir Whist und tranken Toddy; ich setzte mich mit dem Rücken zur Stube und senkte meinen Kopf; hinter mir ging Edvarda aus und ein. Der Doktor war heimgereist.

Herr Mack zeigte mir die Einrichtung seiner neuen Lampen, der ersten Paraffinlampen, die nach dem Norden gekommen waren, Prachtstücke auf schweren Bleifüßen, und er zündete sie jeden Abend selbst an, um allem Unglück vorzubeugen. Er sprach ein paarmal von seinem Großvater, dem Konsul: Mein Großvater, Konsul Mack, empfing diese Spange aus Karl Johans eigenen Händen, sagte er, und er wies mit dem Finger auf seine Diamantspange. Seine Frau war tot, er zeigte mir in einem der Nebenzimmer ein Bild von ihr, es war eine vornehm aussehende Dame mit Spitzenhaube und einem artigen Lächeln. Im gleichen Zimmer stand auch ein Bücherschrank, worin sogar

alte französische Bücher waren, die aussahen, als seien sie Erbstücke; die Bände waren fein und vergoldet, und viele Eigentümer hatten ihren Namen eingezeichnet. Unter den Büchern waren mehrere Aufklärungsschriften; Herr Mack war ein denkender Mann.

Seine beiden Ladengehilfen mußten zum Whist hereingerufen werden. Sie spielten langsam und unsicher, zählten genau nach und machten desungeachtet Fehler. Dem einen von ihnen half Edvarda.

Ich warf mein Glas um, ich fühlte mich unglücklich und stand auf.

Nein – ich habe mein Glas umgeworfen! sagte ich.

Edvarda brach in Lachen aus und antwortete:

Ja, das sehen wir schon.

Alle versicherten mir lachend, daß das nichts mache. Ich bekam ein Handtuch, um mich abzutrocknen, und wir fuhren fort zu spielen. Es wurde elf Uhr.

Ein dunkles Gefühl der Mißstimmung schoß bei Edvardas Lachen durch mich, ich sah sie an und fand, daß ihr Gesicht nichtssagend und wenig schön geworden war. Herr Mack brach endlich das Spiel unter dem Vorwand ab, daß die zwei Angestellten ins Bett müßten, darauf lehnte er sich ins Sofa zurück und begann davon zu sprechen, daß er ein Schild auf seine Packhausfassade setzen wolle, und fragte mich um Rat darüber. Welche Farbe sollte er nehmen? Ich langweilte mich, sagte schwarz, ohne darüber nachgedacht zu haben, und Herr Mack sagte sofort das gleiche:

Schwarze Farbe, genau was ich selbst gedacht habe. Niederlage von Salz und leeren Tonnen, mit schweren schwarzen Buchstaben, das ist das Nobelste ... Edvarda, mußt du nun nicht schlafen gehen?

Edvarda erhob sich, gab uns beiden die Hand zum Gutnachtsagen und ging. Wir blieben zurück. Wir sprachen von der Eisenbahn, die im vergangenen Jahr fertig geworden war, von der ersten Telegraphenlinie. Gott weiß, wann der Telegraph hierher nach dem Norden kommt! Pause.

Sehen Sie, sagte Herr Mack, ich bin nach und nach sechsundvierzig Jahre alt geworden und grau an Haar und Bart. Ja, ich fühle, daß ich alt geworden bin. Sie sehen mich bei Tage und halten mich für jung, aber wenn der Abend kommt und ich bin allein, falle ich sehr zusammen. Dann sitze ich hier in der Stube und lege Patiencen. Mit ein bißchen Mogeln gehen sie leicht auf. Haha.

Mit ein bißchen Mogeln gehen die Patiencen auf? fragte ich.

Ja.

Es kam mir vor, als könnte ich in seinen Augen lesen... Er erhob sich und machte eine Wendung nach dem Fenster zu und sah hinaus; er stand mit gedrungenem Rücken da, und sein Nacken und sein Hals waren zottig. Ich erhob mich auch. Er wandte sich um, kam mir in seinen langen, spitzigen Schuhen entgegen. Er steckte beide Daumen in die Westentaschen und schlug ein wenig mit den Armen wie mit Flügeln; gleichzeitig lächelte er. Dann stellte er mir noch einmal ein Boot zu meiner Verfügung und reichte mir die Hand.

Übrigens, lassen Sie mich mit Ihnen gehen, sagte er und blies die Lampen aus. Ja, ich will noch ein wenig an die Luft, es ist noch nicht spät.

Wir gingen hinaus.

Er zeigte auf den Weg nach dem Haus des Schmieds hinauf und sagte: Diesen Weg! Es ist der kürzeste.

Nein, antwortete ich. Der Weg an den Packhäusern vorbei ist der kürzeste.

Wir wechselten darüber ein paar Worte, ohne einig zu werden. Ich war überzeugt, daß ich recht hatte, und verstand seine Hartnäckigkeit nicht. Zuletzt schlug ich vor, daß jeder für sich seinen Weg gehen solle; wer zuerst ankomme, solle bei der Hütte warten.

Wir gingen los. Er verschwand bald im Wald.

Ich ging ohne besondere Eile und berechnete, daß ich mindestens fünf Minuten früher ankommen müsse. Aber als ich zur Hütte kam, stand er bereits dort. Er rief mir entgegen: Da sehen Sie! Nein, ich gehe immer diesen Weg, es ist wirklich der kürzeste.

Ich sah ihn höchst erstaunt an, er war nicht warm und schien nicht gelaufen zu sein. Er verabschiedete sich gleich, dankte für den Abend und ging denselben Weg zurück, den er gekommen war.

Ich blieb zurück und dachte: Wie ist dies sonderbar! Ich sollte doch Entfernungen schätzen können, und ich war diese beiden Wege mehrere Male gegangen. Lieber Mann, du mogelst wieder! War das Ganze ein Vorwand?

Ich sah seinen Rücken wieder im Wald verschwinden.

Im nächsten Augenblick ging ich ihm nach, vorsichtig und rasch, ich sah ihn auf dem ganzen Weg sein Gesicht abwischen und war nicht mehr sicher, ob er nicht doch zuvor gerannt war. Er ging nun äußerst langsam, und ich behielt ihn im Auge, er hielt beim Haus des Schmieds an. Ich verbarg mich und sah, daß die Tür geöffnet wurde und daß Herr Mack ins Haus ging.

Es war ein Uhr, ich sah es an der See und am Gras.

8

Einige Tage vergingen, wie sie eben konnten, mein einziger Freund war der Wald und die große Einsamkeit. Guter Gott, ich hatte niemals versucht, mehr allein zu sein als am ersten dieser Tage. Es war voller Frühling, ich fand Waldsterne und Schafgarbe auf der Wiese, und Buchfink und Meise waren gekommen, ich kannte alle Vögel. Bisweilen nahm ich zwei Vierundzwanzigschillingstücke aus der Tasche und klimperte damit, um die Einsamkeit zu unterbrechen. Ich dachte: Wie, wenn Diderik und Iselin gegangen kämen!

Es begann nicht mehr Nacht zu werden, die Sonne tauchte kaum die Scheibe ins Meer hinab und kam dann wieder empor, rot, erneuert, als sei sie unten gewesen und habe getrunken. Wie merkwürdig es mir ergehen konnte in diesen Nächten; kein Mensch würde es glauben. Saß Pan in einem Baum und sah auf mich herab, wie ich mich anstelle? Und war sein Bauch offen, und war er so zusammengekrochen, daß er dasaß, als tränke er aus seinem eigenen Bauch? Aber all das tat er nur, um zu schielen und mich im Auge zu behalten, und der ganze Baum erzitterte von seinem lautlosen Gelächter, wenn er sah, daß alle meine Gedanken mit mir durchgingen. Es raschelte überall im Walde, Tiere schnüffelten, Vögel riefen einander, ihre Signale erfüllten die Luft. Und es war das Flugjahr des Maikäfers, sein Schwirren vermischte sich mit dem der Nachtschmetterlinge, es tönte wie Flüstern hin und Flüstern zurück rund umher im Walde. Wie vieles war da zu hören! Ich schlief nicht während drei Nächten, ich dachte an Diderik und Iselin.

Sieh, dachte ich, sie könnten kommen. Und Iselin würde Diderik zu einem Baum locken und sagen:

Bleib, Diderik, gib acht, halt Wache für Iselin, ich will diesen Jäger mein Schuhband binden lassen.

Und der Jäger, das bin ich, und sie wird mir einen Wink mit den Augen geben, wohl zu verstehen. Und wenn sie kommt, versteht mein Herz alles, und es schlägt nicht länger, es stößt. Und sie ist nackt unter dem Gewand vom Scheitel bis zur Sohle, und ich lege meine Hand auf sie.

Binde mein Schuhband! sagt sie mit lodernden Wangen. Und kurz darauf flüstert sie ganz nahe gegen meinen Mund, gegen meine Lippen: O, du bindest nicht mein Schuhband, du mein Liebster, nein, du bindest nicht ... bindest nicht mein ...

Aber die Sonne taucht die Scheibe ins Meer hinab und kommt dann wieder empor, rot, erneuert, als sei sie unten gewesen und habe getrunken. Und die Luft ist von Flüstern erfüllt.

Eine Stunde später sagt sie gegen meinen Mund:

Nun muß ich dich verlassen.

Und sie winkt zurück zu mir, als sie geht, und ihr Angesicht flammt noch, ihr Angesicht ist weich und hingerissen. Und wieder wendet sie sich um nach mir und winkt.

Aber Diderik tritt hinter dem Baum hervor und sagt:

Iselin, was tatest du? Ich sah es.

Sie antwortet:

Diderik, was sahst du? Ich tat nichts.

Iselin, ich sah, daß du es tatest, sagt er wieder. Ich sah es. Da klingt ihr hohes und frohes Lachen durch den Wald, und sie geht mit ihm fort, jubelnd und

sündig vom Kopf bis zur Zehe. Und wo geht sie hin? Zum nächsten Gesellen, einem Jäger im Walde.

Es war Mitternacht. Äsop hatte sich losgerissen und jagte auf eigene Faust, ich hörte sein Anschlagen oben auf den Höhen, und als ich ihn endlich zurückbrachte, war es ein Uhr. Ein Hütermädchen kam, sie strickte an einem Strumpf und summte und sah um sich. Aber wo war ihre Herde? Und was suchte sie im Wald um Mitternacht? Nichts, nichts. Vor Unruhe, vielleicht vor Freude, ging sie umher. Ich dachte: Sie hat Äsops Bellen gehört und weiß, daß ich im Walde bin.

Als sie kam, erhob ich mich und stand und sah sie an, wie sie schmächtig und jung war. Auch Äsop stand da und sah sie an.

Woher kommst du? fragte ich sie.

Von der Mühle, antwortete sie.

Aber was sollte sie wohl so spät in der Nacht bei der Mühle getan haben?

Wie traust du dich so spät in der Nacht hier im Wald zu gehen, sagte ich, du, die du so schmächtig und jung bist?

Sie lachte und antwortete:

Ich bin nicht so jung, ich bin neunzehn Jahre.

Aber sie konnte nicht neunzehn Jahre sein, ich bin überzeugt, daß sie zwei Jahre dazulog und nur siebzehn war. Aber weshalb log sie sich alt?

Setz dich, sagte ich, und erzähle mir, wie du heißt.

Und sie setzte sich errötend mir zur Seite und sagte, daß sie Henriette heiße.

Ich fragte:

Hast du einen Liebsten, Henriette, und hat er dich jemals umarmt?

Ja, antwortete sie verlegen lachend.

Wie oft schon?
Sie schweigt.
Wie oft? wiederhole ich.
Zweimal, sagt sie leise.
Ich zog sie an mich und fragte:
Wie macht er das? Machte er es so?
Ja, flüsterte sie bebend.
Es wurde vier Uhr.

9

Ich hatte ein Gespräch mit Edvarda
 Es kommt bald Regen, sagte ich.
Wieviel Uhr ist es? fragte sie.
Ich sah nach der Sonne und antwortete:
Gegen fünf.
Sie fragte:
Können Sie das so genau an der Sonne sehen?
Ja, antwortete ich, das kann ich sehen.
Pause.
Aber wenn Sie nun die Sonne nicht sehen, wie wissen Sie da die Zeit?

Dann richte ich mich nach anderen Dingen. Nach Flut oder Ebbe, nach dem Gras, das sich zu einer bestimmten Zeit legt, nach dem Vogelsang, der wechselt; einige Vögel beginnen zu singen, wenn andere schweigen. Dann sehe ich die Zeit auch an den Blumen, die sich am Nachmittag schließen, am Laub, das bald hellgrün, bald dunkelgrün ist; ich habe es außerdem im Gefühl.

Wirklich, sagte sie. Ich erwartete Regen und wollte Edvarda ihrer selbst wegen nicht mehr länger mitten

auf dem Weg aufhalten, ich griff an die Mütze. Da hielt sie mich plötzlich mit einer neuen Frage fest, und ich blieb. Sie errötete und fragte, wozu ich eigentlich hier sei, weshalb ich auf die Jagd ginge und weshalb dies und weshalb jenes. Ich schösse ja nur das Notwendigste zur Jagd, ich ließe Äsop rasten.

Sie wurde rot und demütig. Ich verstand, daß jemand von mir gesprochen hatte, sie sprach nicht aus sich selbst. Dann weckte sie meine Teilnahme, sie sah so verlassen aus, es traf mich, daß sie mutterlos war, ihre dünnen Arme gaben ihr ein vernachlässigtes Aussehen. Es kam so über mich.

Wohl, ich schösse, nicht um zu morden, ich schösse, um zu leben. Ich brauche heute ein Birkhuhn, deshalb schieße ich nicht zwei, sondern schieße das andere morgen. Weshalb sollte ich mehrere schießen? Ich lebe im Wald, ich sei des Waldes Sohn. Ab ersten Juni sei auch für Schneehühner und Hasen Schonzeit, ich hätte fast nichts mehr zu schießen, gut, dann fischte ich und lebte von Fischen. Ich wolle ein Boot von ihrem Vater nehmen und damit hinausrudern. Nein gewiß, ich sei nicht Jäger, nur um zu schießen, sondern um im Walde zu leben. Es sei gut für mich dort, ich läge auf der Erde zu Tisch, wenn ich esse, und säße nicht aufrecht auf einem Stuhl; ich würfe nicht mein Glas um. Im Walde verböte ich mir nichts, ich könne mich auf den Rücken legen und die Augen schließen, wenn ich wolle, ich könne dort auch sagen, was ich wolle. Oft könne man etwas sagen wollen, laut sprechen, und es klänge wie eine Rede aus dem eigensten Herzen des Waldes ...

Als ich sie fragte, ob sie dies verstehe, antwortete sie: Ja. Ich fuhr fort zu sprechen, denn ihre Augen

weilten auf mir. – Sie sollten nur wissen, was ich alles draußen im Freien sehe, sagte ich. Im Winter gehe ich dahin und sehe vielleicht im Schnee Spuren von Schneehühnern. Plötzlich verschwinden die Spuren, die Vögel sind aufgeflogen. Aber an den Abdrücken der Flügel kann ich erkennen, in welcher Richtung das Wild geflogen ist, und ich finde es in kurzer Zeit auf. Dies ist jedesmal etwas Neues für mich. Im Herbst sind oft die Sternschnuppen zu beobachten. Was, denke ich da in meiner Einsamkeit, ist dies eine Welt, die in Zuckungen geraten ist, eine Welt, die vor meinen Augen in Trümmer ging? Und mir – mir ward es vergönnt, eine Sternschnuppe in meinem Leben zu sehen! Aber wenn der Sommer kommt, da ist vielleicht ein kleines, lebendes Tier auf jedem Laubblatt, ich kann sehen, daß einige flügellos sind, sie können nicht vom Fleck kommen, sie müssen leben und sterben auf diesem kleinen Laubblatt, auf dem sie zur Welt gekommen sind. Denken Sie doch. Bisweilen sehe ich die blaue Fliege. Ja, all das hört sich so gering an, ich weiß nicht, ob Sie es verstehen.

Doch, doch, ich verstehe es.

Jaja. Und manchmal sehe ich das Gras an, und das Gras sieht vielleicht mich wieder an, was wissen wir? Ich sehe auf ein einzelnes Grasblatt, es zittert vielleicht ein wenig, und dies, scheint mir, ist etwas. Ich denke bei mir selbst: Hier steht nun dieses Grasblatt und zittert! Und ist es eine Kiefer, die ich ansehe, so hat sie vielleicht einen Ast, der mir auch ein wenig über sich zu denken gibt. Aber manchmal treffe ich auch Menschen auf den Bergen, das kommt vor.

Ich sah sie an, sie stand vorgebeugt und lauschte. Ich kannte sie nicht wieder. Sie war voller Aufmerk-

samkeit, daß sie sich nicht im geringsten in acht nahm, sondern häßlich wurde, einfältig anzusehen, ihre Lippe hing lang herunter.

Soso, sagte sie und richtete sich auf.

Die ersten Regentropfen fielen.

Es regnet, sagte ich dann.

Ja, denken Sie, es regnet, sagte sie auch und ging schon fort.

Ich begleitete sie nicht heim, sie wanderte allein ihren Weg, ich eilte zur Hütte hinauf. Einige Minuten vergingen, es begann heftig zu regnen. Mit einem Mal höre ich, daß ein Mensch hinter mir gelaufen kommt, ich halte an und sehe Edvarda. Sie ist vor Anstrengung rot geworden und lächelt.

Ich vergaß es, sagte sie atemlos. Es war der Ausflug zum Trockenplatz, zu den Klippfischfelsen. Der Doktor kommt morgen, haben Sie da Zeit?

Morgen? Jawohl. Ja, ich habe Zeit.

Ich vergaß es, sagte sie wieder und lächelte.

Als sie ging, bemerkte ich ihre dünnen schönen Waden, sie waren hoch hinauf naß. Ihre Schuhe waren ausgetreten.

10

Ich entsinne mich noch gut eines Tages. Es war der Tag, an dem mein Sommer kam. Die Sonne begann bereits während der Nacht zu scheinen und trocknete die nasse Erde bis zum Beginn des Morgens, die Luft war nach dem letzten Regen weich und lind geworden.

Am Nachmittag stellte ich mich auf der Landungsbrücke ein. Das Wasser lag vollkommen still, wir

hörten Lachen und Sprechen draußen von der Insel, wo Männer und Mädchen die Fische bearbeiteten. Es war ein fröhlicher Nachmittag.

Ja, war es nicht ein fröhlicher Nachmittag? Wir hatten Körbe mit Essen und Wein dabei; eine große Gesellschaft von Menschen war in zwei Boote verteilt, junge Frauen in hellen Kleidern. Ich war so zufrieden, ich summte.

Und als ich im Boot saß, dachte ich darüber nach, woher alle diese jungen Menschen gekommen waren. Es waren die Töchter des Gemeindevogts und des Distriktarztes, ein paar Gouvernanten, die Damen vom Pfarrhof, die ich vorher nicht gesehen hatte; sie waren fremd für mich und trotzdem so vertraulich, als ob wir uns schon seit langer Zeit gekannt hätten. Ich beging einige Fehler; ich war es nicht mehr gewohnt, mit Menschen zu verkehren, und sagte oft Du zu den jungen Damen; aber es wurde mir nicht übel genommen. Ich sagte einmal: Liebe, oder: meine Liebe; aber man entschuldigte auch dies und tat so, als hätte ich es nicht gesagt.

Herr Mack hatte wie gewöhnlich sein ungestärktes Vorhemd mit der Diamantspange an. Er sah aus, als sei er in ausgezeichneter Laune und rief zum anderen Boot hinüber:

Paßt auf die Körbe mit den Flaschen auf, ihr verrückten Menschen! Doktor, Sie haften mir für die Flaschen.

Jawohl, antwortete der Doktor zurück. Und nur diese zwei Rufe über die See von Boot zu Boot klangen schon munter und festlich für mich.

Edvarda war in dem Kleid von gestern, als hätte sie kein anderes Kleid oder wollte kein anderes anziehen.

Ihre Schuhe waren auch dieselben. Es kam mir vor, als seien ihre Hände nicht ganz rein; aber auf dem Kopf hatte sie einen ganz neuen Hut mit Federn. Ihre aufgefärbte Jacke brachte sie mit, um darauf zu sitzen.

Auf Herrn Macks Wunsch löste ich einen Schuß, als wir an Land gehen sollten, zwei Schüsse, meine beiden Läufe; dann wurde Hurra gerufen. Wir wanderten auf die Insel hinauf, die Leute, die die Fische trockneten, grüßten uns alle, und Herr Mack besprach sich mit seinen Arbeitern. Wir fanden Margueriten und Akelei, die wir in die Knopflöcher steckten; einige fanden Glockenblumen.

Und Massen von Seevögeln schnatterten und schrien in der Luft und auf dem Strand.

Wir lagerten uns auf einem Wiesenfleck, wo einige verkümmerte Birken mit weißer Rinde standen. Die Körbe wurden abgedeckt, und Herr Mack zog Flaschen auf. Helle Kleider, blaue Augen, Klirren von Glas, das Meer, die weißen Segel. Wir sangen ein wenig.

Und die Wangen röteten sich.

Eine Stunde später ist mein Sinn voller Jubel; auch Kleinigkeiten wirken auf mich ein; ein Schleier flattert an einem Hut, ein Haar löst sich auf, zwei Augen schließen sich im Lachen, und ich werde davon bewegt.

Dieser Tag, dieser Tag!

Ich habe gehört, daß Sie eine kleine lustige Hütte haben, Herr Leutnant?

Ja, ein Nest. Gott, wie es nach meinem Herzen ist! Kommen Sie einmal und besuchen Sie mich, gnädiges Fräulein; es gibt nur eine solche Hütte. Und hinter der Hütte ist ein großer Wald.

Eine andere kommt und sagt freundlich:
Sie waren früher nie hier oben im Norden?

Nein, antwortete ich. Aber ich kenne schon alles, meine Damen. In den Nächten stehe ich Angesicht in Angesicht mit den Bergen, der Erde und der Sonne. Ich will übrigens nicht versuchen, hochtrabend zu sein. Diesen Sommer, den Ihr hier habt! Der schießt in einer Nacht hervor, wenn alle schlafen, und am Morgen ist er da. Ich nickte aus meinem Fenster und sah ihn selbst. Ich habe zwei kleine Fenster.

Eine Dritte kommt. Sie ist bestechend durch ihre Stimme und ihre kleinen Hände. Wie sie alle bestechend sind.

Die Dritte sagt:
Wollen wir Blumen tauschen? Das bringt Glück.

Ja, sage ich und strecke die Hand vor, laßt uns Blumen tauschen, und ich danke Ihnen dafür. Wie hübsch Sie sind, Sie haben eine betörende Stimme, ich habe sie die ganze Zeit gehört.

Aber sie zieht ihre Glockenblumen an sich und sagt kurz und gut:
Was geht Sie das an? Ich meinte nicht Sie.

Sie hatte nicht mich gemeint. Es schmerzte mich, daß ich fehlgegriffen hatte, ich wünschte mich wieder heim, weit fort in meine Hütte, wo nur der Wind zu mir sprach. Entschuldigen Sie, sagte ich, und verzeihen Sie mir. Die anderen Damen sahen einander an und entfernten sich, um mich nicht zu demütigen.

In diesem Augenblick kam jemand rasch auf uns zu, alle sahen es, es war Edvarda. Sie kommt gerade auf mich zu, sie spricht ein wenig, wirft sich mir an den Hals, drückt die Arme um meinen Hals und küßt mich mehrere Male auf den Mund. Sie sagt etwas,

jedesmal, aber ich höre nicht, was es ist. Ich begriff das Ganze nicht, mein Herz stand still, ich hatte nur den Eindruck ihres brennenden Blickes. Als sie mich losließ, ging ihre kleine Brust auf und nieder. Da stand sie noch mit ihrem braunen Gesicht und dem braunen Hals, hoch und schmal, mit sprühenden Augen und ganz rücksichtslos; alle miteinander sahen auf sie. Zum zweitenmal wurde ich von ihren dunklen Augenbrauen benommen, die sich hoch in die Stirn hinauf bogen. Aber du guter Gott, das Menschenkind hatte mich vor aller Augen geküßt!

Was ist, Jungfer Edvarda? frage ich, und ich höre mein Blut klopfen, ich höre es gleichsam unten aus meinem Schlund, es hindert mich, deutlich zu sprechen.

Es ist nichts, antwortet sie. Ich wollte es so. Das macht nichts.

Ich nehme meine Mütze ab und streiche mechanisch mein Haar weg, während ich dastehe und sie anblicke. Macht es nichts? dachte ich.

Da tönt Herrn Macks Stimme von einer anderen Seite der Insel; er sagt etwas, was wir nicht hören können; aber ich denke mit Freude daran, daß Herr Mack nichts gesehen, nichts erfahren hat. Wie gut war es, daß er gerade jetzt an einem anderen Ende der Insel war! Dies erleichterte mich. Ich trete zur Gesellschaft hin und sage lachend, indem ich sehr gleichgültig tue:

Darf ich Sie alle zusammen für mein unpassendes Betragen soeben um Entschuldigung bitten; ich bin selbst verzweifelt darüber. Ich habe einen Augenblick, als Jungfer Edvarda Blumen mit mir tauschen wollte, benützt, sie zu kränken; ich bitte sie und alle um Ent-

schuldigung. Versetzen Sie sich an meine Stelle: Ich lebe allein, ich bin nicht gewohnt, mit Damen zu verkehren; dazu kommt, daß ich heute Wein getrunken habe, was ich ebensowenig gewohnt bin. Seien Sie nachsichtig mit mir.

Ich lachte und tat gleichgültig wegen der ganzen Bagatelle, um sie vergessen zu machen, aber in meinem Innern war ich ernst. Meine Rede hatte auch keinerlei Wirkung auf Edvarda, sie versuchte nicht, etwas zu verbergen, nicht, den Eindruck ihrer Übereilung auszulöschen, im Gegenteil, sie setzte sich in meine Nähe und sah mich die ganze Zeit an. Hie und da sprach sie mit mir. Als wir später Witwe spielten, sagte sie laut:

Leutnant Glahn ist es, den ich haben will. Es lohnt sich für mich nicht, einem andern nachzulaufen.

Zum Satan, so schweigen Sie doch! flüsterte ich und stampfte auf den Boden.

Eine Überraschung flog über ihr Gesicht, sie machte vor Schmerz mit der Nase eine Grimasse und lächelte verlegen. Ich wurde tief ergriffen, diesem verlassenen Ausdruck in ihrem Blick und in ihrer ganzen dünnen Gestalt konnte ich nicht widerstehen, ich begann sie zu lieben und nahm ihre lange schmale Hand in die meine.

Später! sagte ich. Nichts mehr jetzt. Wir können uns ja morgen treffen.

11

In der Nacht hörte ich, daß Äsop sich aus seinem Winkel erhob und knurrte, ich hörte es durch den

Schlaf; aber weil ich eben von der Jagd träumte, paßte dieses Knurren in meinen Traum, und ich wurde nicht vollständig wach davon. Als ich gegen zwei Uhr morgens aus der Hütte trat, sah ich die Fußspuren eines Menschen im Gras; es war jemand dagewesen, war erst zu meinem einen Fenster gegangen, darauf zu meinem andern Fenster. Die Spuren verloren sich wieder den Weg hinunter.

Sie kam mir mit heißen Wangen entgegen, mit ganz strahlendem Gesicht.

Haben Sie gewartet? sagte sie. Ich fürchtete, daß Sie warten müßten.

Ich hatte nicht gewartet, sie war vor mir auf dem Weg. Haben Sie gut geschlafen? sagte ich. Ich wußte fast nichts zu sagen.

Nein, das habe ich nicht, ich habe gewacht, antwortete sie. Und sie erzählte, daß sie in der Nacht nicht geschlafen, sondern mit geschlossenen Augen in einem Stuhl gesessen habe. Sie sei auch eine Weile aus dem Haus gewesen.

Jemand war heute nacht draußen vor meiner Hütte, sagte ich. Ich sah die Spur heute morgen im Gras.

Und ihr Gesicht färbt sich, sie nimmt meine Hand hier auf dem Weg und antwortet nicht.

Ich sehe sie an und frage: Waren Sie es vielleicht?

Ja, antwortete sie und drückte sich an mich, das war ich. Ich weckte Sie doch nicht, ich ging so leise wie ich konnte. Doch, das war ich. Ich war Ihnen noch einmal nahe. Ich habe Sie lieb.

Jeden Tag, jeden Tag traf ich sie. Ich gestehe die Wahrheit, ich traf sie gerne, ja, mein Herz flog hin zu ihr. Es sind heuer zwei Jahre, nun denke ich nur daran, wenn ich will, das ganze Abenteuer belustigt und zerstreut mich. Und was die grünen Vogelfedern angeht, so werde ich das bald erklären.

Wir hatten mehrere Plätze, an denen wir uns trafen, bei der Mühle, auf dem Weg, ja sogar in meiner Hütte; sie kam, wohin ich wollte. Guten Tag! rief sie immer zuerst, und ich antwortete Guten Tag.

Du bist froh heute, du singst, sagt sie, und ihre Augen funkeln.

Ja, ich bin froh, antworte ich. Du hast einen Flecken da auf der Schulter, es ist Staub, vielleicht ist es Schmutz vom Weg; ich will diesen Flecken küssen, doch, erlaube mir, ihn zu küssen. Alles, was an dir ist, wirkt zärtlich auf mich, ich bin ganz verstört durch dich. Heute nacht schlief ich nicht.

Und das war wahr, in mehr als einer Nacht lag ich schlaflos.

Wir gehen Seite an Seite den Weg entlang.

Was meinst du, benehme ich mich so, wie du es gerne hast? sagte sie. Vielleicht schwätze ich zuviel? Nicht? Ja aber du sollst sagen, was du meinst. Manchmal denke ich bei mir selbst, daß dies niemals gut gehen kann ...

Was soll nicht gut gehen? fragte ich.

Das mit uns. Daß dies nicht gut gehen wird. Ob du es nun glaubst oder nicht, ich gehe hier und friere jetzt; ich fühle es eisig über den Rücken hinunterrieseln, wenn ich dir nur nahe komme. Vor Glück.

Ja, auch mir geht es so, antworte ich, es durcheist auch mich, wenn ich dich nur sehe. Doch, dies wird schon gut gehen. Im übrigen werde ich dir ein wenig auf den Rücken klopfen, um dich zu erwärmen.

Widerstrebend läßt sie es mich tun, ich klopfe ein wenig fester, nur zum Spaß, ich lache und frage, ob das nicht helfe.

Ach nein, sei nicht so gut, mich noch mehr auf den Rücken zu klopfen, sagt sie.

Diese paar Worte! Das klang so hilflos, daß sie sagte: Sei nicht so gut.

Dann gingen wir weiter auf dem Weg. Ist sie mißvergnügt über mich wegen meines Scherzes? frage ich mich selbst, und ich dachte: Wir wollen sehen. Ich sagte: Ich muß eben an etwas denken. Auf einer Schlittenfahrt einmal war eine junge Dame, die ein weißes Seidentuch von ihrem eigenen Hals nahm und es um meinen band. Am Abend sagte ich zu der Dame: Sie werden Ihr Tuch morgen zurückbekommen, ich will es waschen lassen. Nein, antwortete sie, geben Sie es mir jetzt, ich will es aufbewahren, so wie es ist, ganz wie Sie es benützt haben. Und sie bekam das Tuch. Drei Jahre danach traf ich die junge Dame wieder. Das Tuch? sagte ich. Sie brachte das Tuch. Es lag in seinem Papier ebenso ungewaschen, ich sah es selbst. Edvarda sah von der Seite zu mir auf.

Ja? Wie ging es weiter?

Nein, es war nichts weiter, sagte ich. Aber mir scheint, dies war ein schöner Zug.

Pause.

Wo ist diese Dame jetzt?

Im Ausland.

Wir sprachen nicht mehr darüber. Doch als sie heimgehen sollte, sagte sie: Gutnacht nun. Geh jetzt aber nicht mehr umher und denke an diese Dame, nicht wahr? Ich denke an niemand andern als an dich.

Ich glaubte ihr, ich sah, daß sie meinte, was sie sagte, und es war mir ewig genug, wenn sie an mich nur dachte. Ich ging ihr nach.

Dank, Edvarda, sagte ich. Später fügte ich aus ganzem Herzen hinzu: Du bist viel zu gut für mich, aber ich bin dankbar dafür, daß du mich haben willst; Gott belohne dich dafür. Ich bin wohl nicht so herrlich, wie viele andere, die du bekommen könntest; aber ich bin so ganz dein, so grenzenlos dein, bei meiner unsterblichen Seele. Woran denkst du? Es kamen dir Tränen in die Augen.

Es war nichts, antwortete sie. Es klang so sonderbar, daß Gott mich belohnen möge. Du sagst so etwas wie ... Ich liebe dich so!

Sie flog mir mit einem Mal um den Hals, mitten auf dem Weg, und küßte mich heftig.

Als sie gegangen war, bückte ich mich und schlüpfte in den Wald, um mich zu verbergen und mit meiner Freude allein zu sein. Und ich lief bewegt wieder zurück zum Weg und sah mich um, ob jemand bemerkt haben könnte, daß ich dort hineingegangen war. Aber ich sah niemand.

13

Sommernächte und stille Wasser und unendlich stille Wälder. Kein Schrei, kein Schritt auf den Wegen, mein Herz ist voll wie von dunklem Wein.

Motten und Schwärmer kommen lautlos durch mein Fenster hereingeflogen, herbeigelockt durch den Schein von der Feuerstätte und vom Duft meines gebratenen Vogels. Sie stoßen mit einem dumpfen Laut gegen die Decke, schwirren an meinen Ohren vorbei, so daß es mich kalt durchfährt, und setzen sich auf mein weißes Pulverhorn an der Wand. Ich betrachte sie, sie sitzen zitternd und sehen mich an, es sind Spinner, Bohrer und Motten. Ich finde, daß einige wie fliegende Stiefmütterchen aussehen.

Ich trete vor die Hütte und lausche. Nichts, kein Lärm, alles schläft. Die Luft leuchtet von fliegenden Insekten, von Myriaden schwirrender Flügel. Dort am Waldrand stehen Farnkraut und Eisenhut. Das Heidekraut blüht, und ich liebe seine kleinen Blumen. Dank, mein Gott, für jede Blüte des Heidekrautes, die ich gesehen habe; sie waren wie kleine Rosen auf meinem Weg, und ich weine vor Liebe zu ihnen. Irgendwo in der Nähe sind wilde Nelken, ich sehe sie nicht, aber ich verspüre ihren Duft.

Aber nun in den Stunden der Nacht haben sich plötzlich große, weiße Blumen im Wald entfaltet, ihre Narbe steht offen, sie atmen. Und zottige Dämmerungsfalter senken sich in ihre Blätter nieder und bringen die ganze Pflanze zum Beben. Ich gehe von der einen zur anderen Blume, sie sind berauscht, es sind geschlechtlich berauschte Blumen, und ich sehe, wie sie berauscht werden.

Leichte Schritte, eines Menschen Atemzug, ein frohes Guten Abend.

Ich antworte und werfe mich auf den Weg nieder und umfasse die beiden Knie und das armselige Kleid.

Guten Abend, Edvarda! sage ich noch einmal, erschöpft vor Glück.

Wie du mich liebst! flüstert sie.

Wie ich dankbar sein muß! antworte ich. Du bist mein, und mein Herz liegt den ganzen Tag still in mir und denkt an dich. Du bist das schönste Mädchen auf dieser Erde, und ich habe dich geküßt. Oft werde ich rot vor Freude, wenn ich nur daran denke, daß ich dich geküßt habe.

Weshalb hast du mich gerade heute abend so lieb? fragt sie.

Es gab unzählige Gründe, ich hatte nur an sie zu denken brauchen, um sie lieb zu haben. Dieser Blick unter den hoch in die Stirne gewölbten Augenbrauen und diese dunkle, holde Haut!

Sollte ich dich nicht lieben! sage ich. Ich gehe und danke jedem Baum dafür, daß du wohlauf bist und deine Gesundheit hast. Es war einmal auf einem Ball eine junge Dame, die Tanz auf Tanz dasaß, und alle ließen sie sitzen. Ich kannte sie nicht, aber ihr Gesicht machte Eindruck auf mich, und ich verbeugte mich vor ihr. Nun? Nein, sie schüttelte den Kopf. Das gnädige Fräulein tanzt nicht? sagte ich. Können Sie das begreifen, antwortete sie, mein Vater war so hübsch und meine Mutter war eine vollkommene Schönheit, und mein Vater siegte über meine Mutter im Sturm. Ich aber wurde lahm.

Edvarda sah mich an.

Wollen wir uns setzen? fragte sie.

Wir setzten uns ins Heidekraut.

Weißt du, was meine Freundin von dir sagt? begann sie. Du hast einen Tierblick, sagt sie, und wenn du sie ansiehst, machst du sie verrückt. Es ist, als ob du sie berührtest, sagt sie.

Eine eigene Freude flackerte durch mich, als ich dies hörte, nicht wegen mir, sondern wegen Edvarda, und ich dachte: Es gibt nur eine, auf die es mir ankommt, was sagt diese eine von meinem Blick? Ich fragte:

Was war das für eine Freundin?

Das erzähle ich nicht, antwortete sie; aber es war eine von denen, die mit uns auf dem Trockenplatz waren.

Jaja, sagte ich.

Und wir sprachen von anderen Dingen.

Mein Vater reist an einem der nächsten Tage nach Rußland, sagte sie, und dann will ich ein Fest geben. Warst du auf den Korholmen? Wir werden zwei Körbe Wein dabei haben, die Damen vom Pfarrhof kommen wieder mit, mein Vater hat mir den Wein schon gegeben. Nicht wahr, dann wirst du meine Freundin nicht wieder ansehen? Nein, sicher nicht? Denn sonst lade ich sie nicht ein.

Und ohne mehr zu sagen, warf sie sich mir heftig an den Hals und sah mich an, starrte in mein Gesicht, während sie hörbar atmete. Ihr Blick war ganz schwarz.

Ich erhob mich jäh und sagte in meiner Verwirrung nur: Soso, will dein Vater nach Rußland?

Weshalb stehst du so schnell auf? fragte sie.

Weil es so spät ist, Edvarda, sagte ich. Nun schließen sich die weißen Blumen wieder. Die Sonne steht auf, der Tag kommt.

Ich begleitete sie durch den Wald und blieb stehen und sah ihr nach, solange ich konnte; weit unten wandte sie sich um und rief gedämpft Gutenacht. Dann verschwand sie. Im selben Augenblick ging die Haustür der Schmiede auf, ein Mann mit einem wei-

ßen Vorhemd kam heraus, blickte um sich, zog den Hut tiefer in die Stirn herein und nahm den Weg hinunter nach Sirilund.

Ich hörte noch Edvardas Gutenacht in meinen Ohren.

14

Freude berauscht. Ich feure meine Büchse ab, und ein unvergeßliches Echo antwortet von Berg zu Berg, schwebt über das Meer hinaus und klingt in den Ohren eines übernächtigen Rudergastes. Worüber freue ich mich? Über einen Gedanken, der mir kommt, eine Erinnerung, einen Klang im Wald, einen Menschen. Ich denke an sie, ich schließe meine Augen und stehe still auf dem Weg und denke an sie, ich zähle Minuten.

Nun bin ich durstig und trinke am Bach; nun zähle ich hundert Schritte vor und hundert Schritte zurück; nun ist es spät geworden, denke ich.

Ist etwas dazwischen gekommen? Ein Monat ist vergangen und ein Monat ist keine lange Zeit; es ist nichts dazwischen gekommen! Gott mag wissen, daß dieser Monat kurz war. Aber die Nächte, die sind manches Mal lang, und ich verfalle darauf, meine Mütze in den Bach zu tauchen und sie wieder trocknen zu lassen, nur um die Zeit zu verkürzen, während ich warte.

Ich rechnete meine Zeit nach Nächten. Bisweilen kam eine Nacht, und Edvarda blieb aus, einmal blieb sie zwei Nächte lang aus. Zwei Nächte. Es war nichts im Wege, aber mir schien es da, als hätte mein Glück vielleicht seinen höchsten Punkt erreicht gehabt.

Und war es nicht so?

Hörst du, Edvarda, wie unruhig es heute nacht im Wald ist? Es raschelt unaufhörlich in den Erdhaufen, und die großen Laubblätter zittern. Es ist vielleicht etwas am Werk; aber das war es nicht, was ich sagen wollte. Ich höre einen Vogel droben auf der Höhe singen, es ist nur eine Meise; aber sie hat zwei Nächte lang auf demselben Platz gesessen und hat gelockt. Hörst du einen gleichförmigen, gleichförmigen Laut?

Ja, ich höre ihn. Weshalb fragst du mich danach?

Für nichts. Sie saß dort zwei Nächte lang. Ich wollte das nur sagen ... Dank, Dank, daß du heute abend kamst, Geliebte! Ich saß hier und erwartete dich heute abend oder morgen abend, freute mich darauf, daß du kämest.

Und auch ich habe gewartet. Ich denke an dich, und ich habe die Scherben des Glases, das du einmal umwarfst, gesammelt und aufbewahrt; kannst du dich erinnern? Mein Vater ist heute nacht verreist, ich bin entschuldigt dafür, daß ich nicht kam, ich hatte soviel zu packen und ihn an so vieles zu erinnern. Ich wußte, daß du hier umhergingst und im Wald wartetest, und ich weinte und packte.

Aber es sind zwei Nächte vergangen, dachte ich, was machte sie in der ersten Nacht? Und weshalb ist jetzt nicht soviel Freude in ihren Augen wie früher?

Eine Stunde verging. Die Meise oben auf der Höhe schwieg, der Wald lag tot. Nein, nein, es war nichts dazwischen gekommen, alles war wie vorher, sie gab mir ihre Hand zum Abschied und sah in Liebe auf mich. Morgen? fragte ich.

Nein, morgen nicht, antwortete sie.

Ich fragte nicht weshalb.

Morgen werden wir ja unser Fest haben, sagte sie lachend. Ich wollte dich nur überraschen, aber du machtest eine so unglückliche Miene, daß ich es gleich sagen mußte. Ich hätte dich schriftlich eingeladen.

Und mein Herz war unsäglich erleichtert.

Sie ging und nickte zum Abschied.

Noch eines, sagte ich, auf demselben Fleck stehen bleibend. Wie lange ist es her, daß du die Glasscherben gesammelt und aufbewahrt hast?

Wie lange das her ist?

Ja, kann es eine Woche her sein, zwei Wochen?

Ja, vielleicht ist es zwei Wochen her. Aber weshalb fragst du danach? Nein, ich muß dir die Wahrheit sagen, ich tat es gestern.

Sie tat es gestern, es war nicht länger her als seit gestern, daß sie an mich gedacht hatte! Nun war alles gut.

15

Die zwei Boote lagen auf dem Wasser, und wir gingen an Bord. Wir sangen und sprachen. Die Korholme lagen draußen vor den Inseln, es bedurfte einer guten Weile, um dorthin zu rudern, und indessen sprachen wir miteinander von den Booten aus. Der Doktor war hell gekleidet, ebenso wie die Damen; ich hatte ihn früher nie so vergnügt gesehen, er redete mit, er war nicht mehr nur ein stiller Zuhörer. Ich bekam den Eindruck, daß er ein wenig getrunken hatte und fröhlich war. Als wir an Land kamen, nahm er für einen Augenblick die Aufmerksamkeit der Gesellschaft in Anspruch und bot uns den Willkommensgruß. Ich dachte: Sieh, Edvarda hat ihn zum Wirt auserkoren.

Mit dem höchsten Grad von Liebenswürdigkeit unterhielt er sich mit den Damen. Gegen Edvarda war er höflich und freundlich, oft väterlich ermahnend und, wie so manches Mal früher, pedantisch belehrend. Sie sprach von einem Datum, sie sagte: Ich bin achtunddreißig geboren, und er fragte: Achtzehnhundertachtunddreißig meinen Sie wohl? Wenn sie geantwortet hätte: Nein, neunzehnhundertachtunddreißig, hätte er keinerlei Verwirrung gezeigt, sondern hätte sie nur wieder verbessert und gesagt: Das dürfte wohl falsch sein. Wenn ich etwas sagte, hörte er höflich und aufmerksam zu und übersah mich nicht.

Ein junges Mädchen kam zu mir her und begrüßte mich. Ich erkannte sie nicht wieder, ich konnte mich ihrer nicht erinnern, und ich sagte einige verwunderte Worte, worüber sie lachte. Es war die eine der Töchter des Propstes, ich war mit ihr zusammen auf dem Trockenplatz gewesen, hatte sie auf meine Hütte eingeladen. Wir sprachen eine Weile zusammen.

So vergehen ein oder zwei Stunden. Ich langweile mich, ich trinke von dem Wein, den man mir einschenkt, und mische mich unter alle, rede mit allen. Wieder mache ich mich einiger Fehler schuldig, ich bin auf unsicheren Grund geraten und weiß im Augenblick nicht, wie ich eine Freundlichkeit beantworten soll, es kommt vor, daß ich unzusammenhängend spreche oder sogar stumm bleibe, und ich gräme mich darüber. Dort bei dem großen Stein, den wir als Tisch benützen, sitzt der Doktor und gestikuliert.

Seele! Was ist das, Seele? fragt er. Die Tochter des Propstes hatte ihn beschuldigt, Freidenker zu sein. Gut, sollte man nicht frei denken? Man stellte sich die Hölle vor wie ein Haus drunten in der Erde und den

Teufel als Bürochef – nein, Majestät war er. Er wolle vom Altarbild in der Annexkirche sprechen: eine Christusfigur, einige Juden und Jüdinnen, Wasser zu Wein; gut. Aber Christus hatte einen Glorienschein um den Kopf. Was war ein Glorienschein? Ein gelber Faßreifen, der auf drei Haaren stand...

Zwei von den Damen schlugen entsetzt die Hände zusammen. Aber der Doktor rettete sich und sagte scherzend:

Nicht wahr, das klingt fürchterlich? Das gebe ich zu. Aber wenn man es wiederholt, es sieben- oder achtmal für sich selbst wiederholt und ein wenig darüber nachdenkt, so klingt es bereits besser... Darf ich um die Ehre bitten, mit den Damen zu trinken!

Und er kniete im Gras vor den zwei Damen nieder und nahm nicht den Hut ab, um ihn vor sich hinzulegen, sondern hielt ihn mit der linken Hand hoch in die Luft und leerte das Glas mit zurückgebogener Kehle. Ich wurde ganz begeistert über seine große Sicherheit und hätte mit ihm getrunken, wäre sein Glas nicht bereits leer gewesen.

Edvarda folgte ihm mit den Augen. Ich stellte mich in ihre Nähe, ich sagte:

Wollen wir heute Witwe spielen?

Sie fuhr ein wenig zusammen und erhob sich.

Denken Sie daran, daß wir jetzt nicht du zueinander sagen, flüsterte sie.

Ich hatte auch gar nicht du gesagt. Ich entfernte mich wieder.

Wieder verging eine Stunde. Der Tag wurde lang, ich wäre schon längst heimgerudert, wenn ich ein drittes Boot gehabt hätte. Äsop lag angebunden in der Hütte, er dachte vielleicht an mich. Edvardas Gedanken waren

sicher weit von mir weg, sie sprach von dem Glück, fortreisen zu dürfen, an andere Orte, ihre Wangen wurden heiß darüber, und sie sprach sogar falsch:

Niemand würde mehr glücklicher sein als ich an dem Tag...

Mehr glücklicher, sagt der Doktor.

Was? fragt sie.

Mehr glücklicher.

Das verstehe ich nicht.

Sie sagten mehr glücklicher, nichts weiter.

Tat ich das? Entschuldigen Sie. Niemand würde glücklicher sein als ich an dem Tag, an dem ich an Bord des Schiffes stünde. Bisweilen sehne ich mich nach Orten, die ich selbst nicht weiß.

Sie sehnte sich fort, sie erinnerte sich meiner nicht. Ich stand da und sah ihrem Gesicht an, daß sie mich vergessen hatte. Nun, darüber war nichts zu sagen; aber ich selbst stand hier und sah dies auf ihrem Gesicht. Und die Minuten gingen traurig langsam dahin. Ich fragte mehrmals, ob wir nicht heimrudern sollten, es sei spät, sagte ich, und Äsop läge angebunden in der Hütte. Aber niemand wollte heim. Ich ging zum drittenmal zur Tochter des Propstes, ich dachte: Das ist sie, die von meinem Tierblick gesprochen hat. Wir tranken zusammen; sie hatte zitternde Augen, die niemals still standen, sie sah mich häufig an und sah danach wieder weg.

Sagen Sie, begann ich, glauben Sie nicht, gnädiges Fräulein, daß die Menschen in diesen Gegenden dem kurzen Sommer selbst gleichen? Sie sind flüchtig und betörend wie er?

Ich sprach laut, sehr laut, und ich tat es mit Willen. Ich fuhr fort, laut zu sprechen, und bat das Fräulein

wiederum, mich zu besuchen und meine Hütte anzusehen. Gott segne Sie dafür, sagte ich in meiner Not, und ich dachte bereits bei mir selbst, ob ich nicht etwas finden könnte, um es ihr zu verehren, wenn sie käme. Ich hätte vielleicht nichts anderes als mein Pulverhorn, dachte ich.

Und das Fräulein versprach zu kommen.

Edvarda saß mit abgewandtem Gesicht und ließ mich sprechen, so viel es mich gelüstete. Sie hörte dem zu, was sonst gesagt wurde und fügte hie und da ein Wort ein. Der Doktor weissagte den jungen Damen aus den Händen und ließ den Mund laufen; er hatte selbst feine kleine Hände und einen Ring an dem einen Finger. Ich fühlte mich überflüssig und setzte mich eine Zeitlang abseits auf einen Stein. Das Fest begann sich weit über den Nachmittag auszudehnen. Hier sitze ich nun ganz allein auf einem Stein, sagte ich zu mir selbst, und der einzige Mensch, der mich hier wegbringen könnte, läßt mich sitzen. Es ist mir im übrigen auch gleichgültig.

Ein weites Gefühl der Verlassenheit bemächtigte sich meiner. Das Gespräch hinter mir tönte in meinen Ohren, und ich hörte, daß Edvarda lachte; bei diesem Lachen erhob ich mich mit einem Mal und trat zur Gesellschaft hin. Meine Erregung ging mit mir durch.

Nur einen Augenblick, sagte ich. Es fiel mir ein, während ich dort saß, daß ihr vielleicht mein Fliegenbuch sehen möchtet. Und ich holte mein Fliegenbuch hervor. Entschuldigt, daß ich nicht eher daran gedacht habe. Wollt ihr nicht so freundlich sein, es durchzusehen, ihr macht mir eine Freude, ihr müßt alles ansehen, da sind rote und auch gelbe Fliegen. Und ich hielt meine Mütze in der Hand, während ich sprach. Ich

merkte selbst, daß ich meine Mütze abgenommen hatte und daß dies falsch war, deshalb setzte ich sie gleich wieder auf.

Eine kleine Weile herrschte tiefe Stille, und niemand nahm das Buch entgegen. Endlich streckte der Doktor die Hand danach aus und sagte höflich:

Ja, danke, wir wollen uns die Dinger einmal anschauen. Es ist mir immer ein Rätsel gewesen, wie man Fliegen zusammensetzt.

Ich mache sie selbst, sagte ich, erfüllt von Dankbarkeit gegen ihn. Und ich schickte mich gleich an zu erklären, wie ich sie machte. Es sei so einfach, ich kaufte die Federn und die Angeln, – sie seien nicht gut gemacht, aber sie seien auch nur zum eigenen Gebrauch. Man könne fertige Fliegen bekommen, und die seien sehr hübsch.

Edvarda warf einen gleichgültigen Blick auf mich und das Buch und fuhr fort, mit ihren Freundinnen zu sprechen.

Hier ist auch Material, sagte der Doktor. Seht, was für schöne Federn.

Edvarda sah auf.

Die grünen sind schön, sagte sie, lassen Sie mich sehen, Doktor.

Behalten Sie sie, rief ich. Ja, tun Sie das, ich möchte Sie heute darum bitten. Es sind zwei grüne Vogelfedern. Seien Sie gut gegen mich, lassen Sie dies eine Erinnerung sein.

Sie sah sie an und sagte:

Sie sind grün und golden, je nachdem, wie man sie in die Sonne hält. Ja, danke, wenn Sie mir sie also geben wollen.

Ja, ich will sie Ihnen geben, sagte ich.

Sie steckte die Federn zu sich.

Bald darauf gab mir der Doktor mein Buch zurück und dankte. Er erhob sich und fragte, ob wir nicht bald anfangen sollten, an den Heimweg zu denken.

Ich sagte:

Doch, um Gottes willen. Ich habe einen Hund daheim liegen, sehen Sie, ich habe nun eben einen Hund, er ist mein Freund, er liegt da und denkt an mich, und wenn ich komme, steht er mit den Vorderpfoten im Fenster und begrüßt mich. Der Tag ist so hübsch gewesen, er ist bald zu Ende, laßt uns heimrudern. Ich danke euch allen miteinander.

Ich wartete am Strand, um zu sehen, welches Boot Edvarda wählte, und ich nahm mir vor, in das andere zu steigen. Mit einem Mal rief sie mich. Ich sah sie erstaunt an, ihr Antlitz flammte. Da kam sie zu mir, reichte mir ihre Hand und sagte mit Zärtlichkeit:

Dank für die Federn ... Hören Sie, wir fahren wohl im gleichen Boot?

Wenn Sie es wollen, antwortete ich.

Wir setzten uns ins Boot, sie nahm ihren Platz mir zur Seite auf meiner Ruderbank ein und berührte mich mit ihrem Knie. Ich sah sie an, und sie sah einen Augenblick wieder auf mich zurück. Sie tat mir wohl, indem sie mich mit ihrem einen Knie berührte; ich begann mich für den bitteren Tag belohnt zu fühlen und meine Freude wiederzugewinnen, als sie plötzlich die Stellung wechselte, mir den Rücken zuwandte und mit dem Doktor zu sprechen anfing, der am Steuer saß. Eine ganze Viertelstunde war ich nicht für sie vorhanden. Da tat ich etwas, was ich bereue und jetzt noch nicht vergessen habe. Ihr Schuh fiel vom Fuß, ich ergriff ihn und schleuderte ihn weit über das Was-

ser, vor Freude darüber, daß sie nahe war, oder aus Drang, mich geltend zu machen und sie daran zu erinnern, daß ich auf der Welt sei, – ich weiß es nicht. Das Ganze ging so rasch, ich dachte nicht nach, ich bekam nur diesen Einfall. Die Damen erhoben ein Geschrei. Ich selbst war wie gelähmt über das, was ich getan hatte, aber was nützte das? Es war geschehen. Der Doktor kam mir zu Hilfe, er rief: Rudert los! und steuerte auf den Schuh hin; im nächsten Augenblick schon hatte der Ruderknecht ihn ergriffen, eben als er sich mit Wasser füllte und unter den Wasserspiegel sank. Der Mann war bis hoch über den Arm hinauf naß. Dann erklang ein mehrstimmiges Hurra von beiden Booten, weil der Schuh gerettet war.

Ich war tief beschämt und fühlte, daß mein Gesicht die Farbe wechselte und sich verzog, während ich den Schuh mit dem Taschentuch abtrocknete. Edvarda nahm ihn stumm entgegen. Erst eine Weile später sagte sie: So etwas habe ich auch noch nicht erlebt.

Nein, nicht wahr? sagte ich auch. Ich lächelte und machte mir Mut, ich tat so, als hätte ich meinen Streich aus wer weiß welchem Grund begangen, als wenn etwas dahinter stecke. Aber was konnte dahinter stecken? Der Doktor sah mich zum erstenmal geringschätzig an.

So verging eine Weile, die Boote glitten heimzu, die Mißstimmung der Gesellschaft verschwand, wir sangen, wir näherten uns der Landungsbrücke. Edvarda sagte:

Hört jetzt, wir haben den Wein nicht ausgetrunken, und es ist noch viel übrig. Wir machen noch ein Fest, ein neues Fest, späterhin, wir werden tanzen, wir halten einen Ball in unserer Großstube.

Als wir an Land kamen, bat ich Edvarda um Entschuldigung. Wie ich mich nach meiner Hütte zurücksehne, sagte ich. Dies war ein peinvoller Tag.

War dies ein peinvoller Tag für Sie, Herr Leutnant?

Ich meine, sagte ich und lenkte ab, ich meine, daß ich es heute so ungemütlich gemacht habe, sowohl für mich wie für andere. Ich warf Ihren Schuh ins Wasser.

Ja, das war ein merkwürdiger Einfall.

Verzeihen Sie mir, sagte ich.

16

Konnte es noch viel schlimmer gehen? Ich beschloß, meine Ruhe zu bewahren, was auch geschehen möge, Gott ist mein Zeuge. War ich es, der von Anfang an sich ihr aufgedrängt hatte? Nein, nein, niemals; ich stand nur eines Wochentags auf ihrem Weg, als sie vorbeiging. Was für ein Sommer war dies hier im Norden! Schon hatte der Maikäfer zu fliegen aufgehört, und die Menschen wurden mir mehr und mehr unerklärlich, obwohl die Sonne sie Tag und Nacht beleuchtete. Wonach sahen ihre blauen Augen aus, und was dachten sie hinter ihren seltsamen Stirnen? Im übrigen waren sie mir alle miteinander gleichgültig. Ich nahm meine Angelschnüre und fischte zwei Tage lang; aber in den Nächten lag ich mit offenen Augen in der Hütte...

Ich habe Sie seit vier Tagen nicht gesehen, Edvarda?

Vier Tage, das stimmt. Hören Sie zu, ich hatte viel zu tun. Kommen Sie und sehen Sie sich's an.

Sie führte mich in die Großstube. Da waren die Tische herausgenommen, die Stühle an den Wänden

aufgestellt, ein jedes Ding verändert; der Lüster, der Ofen und die Wände waren phantastisch mit Heidekraut und mit schwarzen Stoffen aus dem Kramladen dekoriert. Das Klavier stand in einer Ecke.

Das war ihre Vorbereitung zum »Ball«.

Wie finden Sie es? fragte sie.

Sonderbar, antwortete ich. Wir verließen die Stube.

Ich sagte: Aber haben Sie mich ganz vergessen?

Ich verstehe mich nicht auf Sie, antwortete sie erstaunt. Sehen Sie nicht alles, was ich gemacht habe? Konnte ich da zu Ihnen kommen?

Nein, sagte auch ich, da konnten Sie vielleicht nicht zu mir kommen. Ich war übernächtig und ermattet, meine Rede wurde nichtssagend und unbeherrscht, ich war den ganzen Tag unglücklich gewesen. – Nein, da konnten Sie freilich nicht zu mir kommen. Was ich sagen wollte: Mit einem Wort, es ist eine Veränderung eingetreten, etwas ist in den Weg gekommen. Ja. Aber ich kann auf Ihrem Gesicht nicht lesen, was es ist. Wie Ihre Stirn seltsam ist, Edvarda! Ich sehe das jetzt.

Aber ich habe Sie nicht vergessen! rief sie errötend und schob auf einmal ihren Arm unter meinen.

Nein, nein. Sie haben mich vielleicht auch nicht vergessen. Aber dann weiß ich nicht, was ich sage. Eins von beiden.

Morgen werden Sie eine Einladung bekommen. Sie müssen mit mir tanzen. Wie wir tanzen werden!

Wollen Sie ein Stück weit mit mir gehen? fragte ich.

Jetzt? Nein, das kann ich nicht, antwortete sie. Der Doktor kommt bald, er soll mir bei etwas helfen, es ist noch einiges zu tun. Also Sie finden, daß die Stube so angehen kann? Aber glauben Sie nicht ...

Ein Wagen hält draußen.

Kommt der Doktor heute gefahren? frage ich.

Ich habe Pferd und Wagen nach ihm gesandt, ich wollte... Seinen kranken Fuß schonen, ja. Nein, lassen Sie mich sehen, daß ich fortkomme... Guten Tag, guten Tag, Doktor. Freue mich, Sie wieder zu sehen. Immer gesund und wohlauf? Ich hoffe, Sie entschuldigen, daß ich verschwinde.

Draußen vor der Treppe wandte ich mich einmal um. Edvarda stand am Fenster und sah mir nach, sie hielt mit beiden Händen die Vorhänge zur Seite, um zu sehen, ihr Ausdruck war gedankenvoll. Eine lächerliche Freude durcheilte mich, ich entfernte mich rasch vom Haus, mit leichten Füßen und verdunkeltem Blick, die Büchse war so leicht wie ein Spazierstock in meiner Hand. Wenn ich sie bekäme, würde ich ein guter Mensch werden, dachte ich. Ich erreichte den Wald und dachte weiter: Wenn ich sie bekäme, würde ich ihr unermüdlicher dienen als ein anderer; und würde sie sich auch als meiner unwürdig erweisen und würde sie darauf verfallen, das Unmögliche von mir zu verlangen, wollte ich doch alles tun, was ich könnte, und mich darüber freuen, daß sie mein wäre... Ich hielt an, kniete nieder und leckte vor Demut und Hoffnung an einigen Grashalmen am Wegrand, worauf ich mich wieder erhob.

Ich fühlte mich zum Schluß fast sicher: Ihr verändertes Benehmen in der letzten Zeit war nur so ihre Art; sie stand da und sah mir nach, als ich ging, stand sie am Fenster und folgte mir mit den Augen, bis ich verschwand, was konnte sie mehr tun? Mein Entzükken machte mich ganz verstört, ich war hungrig, und ich fühlte es nicht mehr.

Äsop lief voraus, einen Augenblick später begann er

zu bellen. Ich sah auf, eine Frau mit einem weißen Tuch auf dem Kopf stand an der Ecke der Hütte; es war Eva, die Tochter des Schmieds.

Guten Tag, Eva! rief ich.

Sie stand bei dem hohen grauen Stein, rot über das ganze Gesicht, und sog an ihrem einen Finger.

Bist du es, Eva? Was fehlt dir? fragte ich.

Äsop hat mich gebissen, antwortete sie und schlug schüchtern die Augen nieder.

Ich sah ihren Finger an. Sie hatte sich selbst gebissen. Eine Ahnung fährt durch meinen Kopf und ich frage: Hast du lange hier gestanden und gewartet?

Nein, nicht lange, antwortete sie.

Und ohne daß eines von uns noch etwas sagte, nahm ich sie an der Hand und führte sie in die Hütte hinein.

17

Ich kam wie gewöhnlich vom Fischen und ging mit Gewehr und Jagdtasche zum »Ball«, ich hatte nur meinen besten Lederanzug angezogen. Es war spät, als ich nach Sirilund kam, ich hörte, daß in der Stube getanzt wurde, bald darauf rief man: Hier ist der Jäger, der Leutnant! Einige junge Menschen umringten mich und wollten meinen Fang sehen. Ich hatte ein paar Seevögel geschossen und einige Schellfische gefangen, Edvarda hieß mich lächelnd willkommen, sie hatte getanzt, sie war rot.

Den ersten Tanz mit mir! sagte sie.

Und wir tanzten. Kein Unheil geschah, ich wurde schwindlig, fiel aber nicht hin. Meine großen Stiefel

machten einigen Lärm, ich hörte diesen Lärm selbst und beschloß, nicht mehr zu tanzen, ich hatte auch Schrammen in den gemalten Boden gemacht. Wie freute ich mich, daß ich kein größeres Unglück angerichtet hatte.

Herrn Macks beide Ladengehilfen waren da und tanzten gründlich und ernsthaft, der Doktor nahm eifrig an den Tourentänzen teil. Außer diesen Herren waren noch vier ganz junge Menschen da, Söhne von den Herrschaften bei der Hauptkirche, vom Propst und vom Distriktsarzt. Ein fremder Handlungsreisender war auch mitgekommen, er zeichnete sich durch seine hübsche Stimme aus und trällerte im Takt mit der Musik; ab und zu löste er die Damen am Klavier ab.

Ich erinnere mich nicht mehr, wie die ersten Stunden verliefen, aber ich erinnere mich an alles vom letzten Teil der Nacht. Die Sonne schien die ganze Zeit rot durch die Fenster herein, und die Seevögel schliefen. Wir bekamen Wein und Kuchen, wir sprachen laut und sangen, Edvardas Lachen klang frisch und sorglos durch die Stube. Aber weshalb bekam ich nicht ein Wort mehr von ihr? Ich näherte mich ihrem Platz und wollte ihr, so gut ich konnte, eine Artigkeit sagen; sie hatte ein schwarzes Kleid an, es war vielleicht ihr Konfirmationskleid, und es war allzu kurz für sie geworden, aber es stand ihr, wenn sie tanzte, und ich wollte ihr das sagen.

Wie das schwarze Kleid ... begann ich.

Doch sie erhob sich, nahm eine ihrer Freundinnen um die Hüfte und ging mit ihr fort. Dies wiederholte sich ein paarmal. Gut, dachte ich, was ist dabei zu machen! Aber weshalb steht sie dann da und sieht mir

betrübt aus den Fenstern nach, wenn ich sie verlasse? Meinetwegen!

Eine Dame forderte mich zum Tanzen auf, Edvarda saß in der Nähe und ich antwortete laut:

Nein, ich werde gleich gehen.

Edvarda warf einen fragenden Blick auf mich und sagte: Gehen? Ach nein, Sie gehen nicht.

Ich stutzte und fühlte, daß ich die Zähne in meine Lippe grub. Ich erhob mich.

Was Sie da sagen, kommt mir bedeutungsvoll vor, Jungfer Edvarda, sagte ich finster und tat einige Schritte zur Türe. Der Doktor stellte sich mir in den Weg, und Edvarda kam selbst herbeigeeilt.

Mißverstehen Sie mich nicht, sagte sie warm. Ich wollte damit sagen, daß Sie hoffentlich der letzte sind, der geht, der allerletzte. Außerdem ist es erst ein Uhr ... Hören Sie, fügte sie mit strahlenden Augen hinzu, Sie haben unserem Ruderknecht einen Fünftalerschein gegeben, weil er meinen Schuh vor dem Ertrinken rettete. Das war ein allzu hoher Preis. – Und sie lachte herzlich und wandte sich rundum an alle zusammen.

Ich blieb mit offenem Munde stehen, entwaffnet und verwirrt.

Sie belieben zu scherzen, sagte ich. Ich habe Ihrem Ruderknecht durchaus keinen Fünftalerschein gegeben.

So, das haben Sie nicht? – Sie öffnete die Tür zur Küche und rief den Ruderknecht herein. – Du erinnerst dich unserer Fahrt nach den Korholmen, Jakob? Du rettetest meinen Schuh, der ins Wasser gefallen war?

Ja, antwortete Jakob.

Du hast fünf Taler bekommen, weil du den Schuh gerettet hast?

Ja, Sie gaben mir ...

Gut. Du kannst gehen.

Was meint sie mit diesem Trick, dachte ich. Will sie mich beschämen? Das wird ihr nicht gelingen, ich erröte nicht darüber. Ich sagte laut und deutlich:

Ich muß es allen zu wissen machen, daß dies entweder ein Irrtum ist oder eine Lüge. Es ist mir nicht einmal eingefallen, dem Ruderknecht irgendeinen Fünftalerschein für Ihren Schuh zu geben. Ich hätte das vielleicht tun sollen, aber bis jetzt ist es nicht geschehen.

Worauf wir fortfahren zu tanzen, sagte sie mit gerunzelter Stirne. Warum tanzen wir nicht?

Dafür schuldet sie mir eine Erklärung, sagte ich zu mir selbst, und ich ging umher und nahm eine Gelegenheit wahr, sie zur Rede zu stellen. Sie ging in das Nebenzimmer, und ich folgte nach.

Prosit! sagte ich und wollte mit ihr trinken.

Ich habe nichts in meinem Glas, antwortete sie kurz.

Und doch stand ihr Glas voll vor ihr.

Ich glaubte, daß dieses hier Ihr Glas sei?

Nein, das ist nicht meines, sagte sie und wandte sich angelegentlich zu ihrem Nachbarn.

Verzeihung, sagte ich.

Mehrere der Gäste bemerkten diesen kleinen Auftritt.

Mein Herz fauchte in mir, ich sagte gekränkt:

Aber Sie schulden mir doch eine Erklärung ...

Sie erhob sich, ergriff meine beiden Hände und sagte mit eindringlicher Stimme:

Aber nicht heute, nicht jetzt. Ich bin so traurig. Gott, wie Sie mich ansehen! Wir waren doch einmal Freunde.

Ich wandte mich überwältigt ab und ging zu den Tanzenden hinein.

Bald darauf kam auch Edvarda herein, sie stellte sich zum Klavier, an dem der Handlungsreisende saß und einen Tanz spielte, ihr Gesicht war in diesem Augenblick voll heimlichen Kummers.

Ich habe nie spielen gelernt, sagt sie und sieht mich mit dunklen Augen an. Könnte ich wenigstens das!

Darauf konnte ich nichts antworten. Aber mein Herz flog wieder zu ihr und ich fragte:

Weshalb sind Sie auf einmal so betrübt, Edvarda? Wenn Sie wüßten, wie ich dadurch leide.

Ich weiß nicht weshalb, antwortete sie. Über alles miteinander vielleicht. Ach, wenn doch diese Menschen gleich wieder fortgehen möchten, einer wie der andere. Nein, nicht Sie; denken Sie daran, daß Sie der letzte sein sollen. Und von neuem lebte ich wieder auf bei diesen Worten, und meine Augen sahen das Licht in der sonnenerfüllten Stube. Die Tochter des Propstes kam zu mir her und fing mit mir zu sprechen an; ich wünschte sie weit, weit weg und gab ihr kurze Antworten. Ich sah sie mit Absicht nicht an, da sie von meinem Tierblick gesprochen hatte. Sie wandte sich zu Edvarda und erzählte ihr, daß sie einmal im Ausland, ich glaube, es war in Riga, auf der Straße von einem Herrn verfolgt worden war.

Er ging mir Straße um Straße nach und lächelte mir zu, sagte sie.

War er denn blind? platzte ich heraus, um Edvarda zu Gefallen zu sein. Gleichzeitig zuckte ich mit der

Schulter. Die junge Dame verstand meine groben Worte sofort und antwortete:

Ja, das muß er wohl gewesen sein, da er eine so alte und häßliche Person wie mich verfolgte.

Aber ich erlangte Edvardas Dankbarkeit nicht, sie zog ihre Freundin mit sich, sie flüsterten zusammen und schüttelten den Kopf. Von nun an war ich vollkommen mir selbst überlassen.

Eine Stunde vergeht noch. Die Seevögel draußen auf den Schären beginnen zu erwachen, ihr Geschrei klingt durch unsere offenen Fenster herein. Ein Stoß der Freude durchfuhr mich, als ich diese ersten Vogelschreie hörte, und ich sehnte mich hinaus zu den Schären ...

Der Doktor war wieder in gute Stimmung gekommen und lenkte die Aufmerksamkeit auf sich, die Damen wurden nicht müde, in seiner Nähe zu sein. Ist das dort mein Rivale? dachte ich, und ich dachte auch an sein hinkendes Bein und seine ärmliche Figur. Er hatte sich einen neuen und witzigen Fluch zugelegt, er sagte Tod und Zweifel, und jedesmal, wenn er diesen putzigen Fluch anwandte, lachte ich laut. Es fiel mir in meiner Verquältheit ein, diesem Mann alle die Vorteile zu geben, die ich geben konnte, da er mein Rivale war. Ich ließ ihn den Doktor zuerst und den Doktor zuletzt sein, ich rief: So hört doch, was der Doktor sagt! Und ich zwang mich, über seine Redensarten laut zu lachen.

Ich liebe diese Welt, sagte der Doktor, ich klammere mich mit Händen und Füßen an das Leben. Und wenn ich einmal sterbe, so hoffe ich, in der Ewigkeit meinen Platz irgendwo gerade über London oder Paris zu bekommen, damit ich das Getöse vom Can-

can der Menschen die ganze Zeit hören kann, die ganze Zeit.

Großartig! schrie ich und hustete vor Lachen, obwohl ich nicht im geringsten berauscht war.

Auch Edvarda schien hingerissen zu sein.

Als die Gäste gingen, schlich ich mich in das kleine Seitenzimmer und setzte mich hin, um zu warten. Ich hörte das eine Lebewohl nach dem andern draußen auf der Treppe, auch der Doktor nahm Abschied und ging. Bald erstarben alle Stimmen. Mein Herz schlug heftig, während ich wartete.

Edvarda kam wieder herein. Als sie mich sah, blieb sie einen Augenblick erstaunt stehen, darauf sagte sie lächelnd: Ja so, Sie sind da. Das war freundlich von Ihnen, bis zuletzt zu warten. Nun bin ich todmüde.

Sie blieb stehen.

Ich sagte, indem ich mich erhob:

Ja, nun wird es Ihnen gut tun, zur Ruhe zu kommen. Ich hoffe, daß Ihre Mißstimmung vorübergegangen ist, Edvarda. Sie waren vor kurzem so betrübt, und das schmerzte mich.

Das vergeht schon, wenn ich schlafen werde.

Ich hatte nichts mehr hinzuzufügen, ich ging zur Tür. Ja, Dank für heute abend, sagte sie und reichte mir die Hand.

Und als sie mich auf die Treppe hinausbegleiten wollte, versuchte ich, dem abzuwehren.

Das braucht es nicht, sagte ich, machen Sie sich keine Mühe, ich kann gut allein . . .

Aber sie ging trotzdem mit mir hinaus. Sie stand da im Gang und wartete geduldig, während ich meine Mütze, mein Gewehr und meine Jagdtasche suchte. Es lehnte ein Spazierstock im Winkel, ich sah diesen

Stock deutlich, ich starrte auf ihn und erkannte ihn wieder, es war der des Doktors. Als sie merkt, wo meine Augen hinsehen, wird sie rot vor Verlegenheit, es ist klar auf ihrem Gesicht zu sehen, daß sie unschuldig ist und nichts von dem Stock weiß. Es vergeht eine ganze Minute. Endlich schießt eine rasende Ungeduld in ihr auf und sie sagt bebend:

Ihr Stock. Vergessen Sie Ihren Stock nicht.

Und sie hält mir den Stock des Doktors vor meine Augen. Ich sah sie an, sie hielt mir den Stock hin, ihre Hand zitterte. Um diesem ein Ende zu machen, nahm ich den Stock und stellte ihn in den Winkel zurück. Ich sagte: Das ist der Stock des Doktors. Ich kann nicht verstehen, daß der hinkende Mann seinen Stock vergessen konnte.

Sie mit Ihrem hinkenden Mann! rief sie bitter und trat noch einen Schritt gegen mich vor. Sie hinken nicht, nein; aber wenn Sie noch obendrein hinkten, so könnten Sie nicht vor ihm bestehen, nein, das könnten Sie nicht, Sie könnten nicht bestehen vor ihm. So!

Ich suchte nach einer Antwort, alles versank um mich, ich schwieg. Mit einer tiefen Verbeugung ging ich rückwärts aus der Tür und auf die Treppe hinaus. Hier stand ich einen Augenblick und starrte geradeaus, dann ging ich weg.

Soso, er hat seinen Stock vergessen, dachte ich, und er wird diesen Weg zurückkommen, um ihn zu holen. Er will nicht mich den letzten Mann sein lassen ... Ich schlenderte ganz langsam dahin, nach vorn und hinten spähend, am Rand des Waldes hielt ich an. Endlich, nach einer halben Stunde des Wartens kam der Doktor auf mich zugegangen, er hatte mich gesehen und ging rasch. Noch bevor er etwas sagen konnte, lüpfte

ich die Mütze, um ihn zu prüfen. Er lüpfte ebenfalls seinen Hut. Ich ging geradewegs auf ihn zu und sagte:

Ich habe nicht gegrüßt.

Er trat einen Schritt zurück und starrte mich an. Sie haben nicht gegrüßt?

Nein, sagte ich.

Pause.

Ja, es ist mir auch gleichgültig, was Sie getan haben, antwortete er erbleichend. Ich will meinen Stock holen, den ich vergessen habe.

Dazu hatte ich nichts zu sagen; aber ich rächte mich auf eine andere Weise, ich streckte die Büchse vor ihm aus, als sei er ein Hund und sagte:

Hopp!

Und ich pfiff und lockte ihn, drüber zu springen.

Eine kleine Weile kämpfte er einen Kampf mit sich selbst, sein Gesicht nahm die merkwürdigsten Züge an, während er die Lippen zusammenpreßte und die Augen auf die Erde geheftet hielt. Plötzlich sah er mich scharf an, ein halbes Lächeln hellte seine Züge auf, und er sagte:

Weshalb machen Sie eigentlich dies alles?

Ich antwortete nicht; aber seine Worte wirkten auf mich. Er reichte mir mit einem Mal die Hand und sagte gedämpft: Irgend etwas ist mit Ihnen los. Wenn Sie mir sagen wollten, was es ist, vielleicht kann ...

Nun überwältigten mich die Scham und die Verzweiflung, diese ruhigen Worte ließen mich das Gleichgewicht verlieren. Auch ich wollte ihm etwas Gutes tun, ich umarmte ihn und brach aus:

Verzeihen Sie mir dies, hören Sie! Nein, was sollte mit mir los sein? Nichts ist los, ich brauche Ihre Hilfe nicht. Sie suchen vielleicht nach Edvarda? Sie werden

sie daheim finden. Aber beeilen Sie sich, sonst geht sie zu Bett, bevor Sie kommen; sie war so müde, ich sah es selbst. Ich sage Ihnen das beste, was ich jetzt weiß, es ist wahr, Sie werden sie daheim finden, gehen Sie nur!

Und ich wandte mich um und eilte von ihm weg, jagte mit langen Schritten durch den Wald dahin und heim zur Hütte.

Eine Zeitlang blieb ich auf meiner Pritsche sitzen, vollständig in der gleichen Verfassung, in der ich hereingekommen war, mit der Jagdtasche über der Schulter und der Büchse in der Hand. Seltsame Gedanken bekamen Leben in meinem Kopf. Weshalb hatte ich mich denn dem Doktor ausgeliefert! Es ärgerte mich, daß ich ihn umfaßt gehalten und ihn mit nassen Augen angesehen hatte; er wird sich daran ergötzen, dachte ich, vielleicht sitzt er in diesem Augenblick da und kichert darüber zusammen mit Edvarda. Er hatte den Stock im Gang hinterlassen. Nicht wahr, wenn ich noch obendrein hinkte, so könnte ich nicht vor dem Doktor bestehen, ich würde durchaus nicht vor ihm bestehen können, das waren ihre eigenen Worte... Ich stelle mich mitten ins Zimmer, spanne den Hahn an meiner Büchse, setze die Mündung gegen meinen linken Rist und drücke ab. Der Schuß geht durch den Mittelfuß und durchbohrt den Boden. Äsop gibt einen kurzen erschrockenen Laut.

Etwas später klopfte es an der Tür.

Es war der Doktor.

Entschuldigen Sie, wenn ich Sie störe, begann er. Sie gingen so schnell fort, ich dachte, es könnte nicht schaden, wenn wir ein wenig miteinander sprechen würden. Mir scheint, hier riecht es nach Pulver?

Er war vollkommen nüchtern.

Trafen Sie Edvarda? Haben Sie Ihren Stock bekommen? fragte ich.

Ich bekam meinen Stock. Nein, Edvarda war zu Bett...

Was ist das da? Aber um Himmelswillen, Sie bluten ja?

Nein, es ist fast nichts. Ich wollte die Büchse wegstellen und sie ging los; das bedeutet nichts, der Teufel hole Sie, weshalb soll ich verpflichtet sein, hier zu sitzen und Ihnen Aufklärungen über dies alles zu geben?... So, Sie haben Ihren Stock bekommen?

Er starrte unverwandt auf meinen zerschossenen Stiefel und auf das Blut, das floß. Mit einer raschen Bewegung legte er seinen Stock weg und befreite sich von seinen Handschuhen.

Sitzen Sie still, Ihr Stiefel muß herunter. Es stimmt also doch; mir war es ja, als hörte ich einen Schuß.

18

Wie sehr bereute ich später diesen wahnwitzigen Schuß! Das Ganze war nicht soviel wert, es diente auch zu gar nichts, es band mich nur viele Wochen an die Hütte. Alle Ärgernisse und Unannehmlichkeiten stehen noch lebendig vor mir, meine Waschfrau mußte jeden Tag zu meiner Hütte kommen und sich beinahe ständig hier aufhalten, meine Einkäufe zum Essen machen, meinen Haushalt führen. Es vergingen viele Wochen.

Wohlan!

Der Doktor begann eines Tages von Edvarda zu sprechen. Ich hörte ihren Namen, hörte, was sie ge-

sagt und getan hatte, und das hatte nun keine größere Bedeutung mehr für mich, es war, als spreche er von einer fernen Sache, die mich nichts mehr anging. Wie schnell man vergessen kann! dachte ich mit Staunen.

Nun, was meinen Sie selbst von Edvarda, wenn Sie schon fragen? Ich habe wahrhaftig mehrere Wochen nicht an sie gedacht. Warten Sie ein wenig, es kommt mir vor, als ob etwas zwischen euch gewesen sei, ihr wart so oft beisammen, Sie waren Wirt auf einem Inselausflug und sie Wirtin. Leugnen Sie es nicht, Doktor, es war etwas, ein gewisses Verstehen. Nein, um Gottes willen, antworten Sie mir nicht, Sie schulden mir keine Erklärung, ich frage nicht, um etwas zu erfahren, lassen Sie uns von etwas anderem sprechen, wenn Sie wollen. Wann kann ich mit meinem Fuß gehen?

Ich blieb sitzen und dachte an das, was ich gesagt hatte. Weshalb hatte ich im Innersten Angst davor, daß der Doktor sich aussprechen möchte? Was ging mich Edvarda an? Ich hatte sie vergessen.

Und auch später einmal kam die Rede auf Edvarda, und ich unterbrach den Doktor wieder, Gott mag wissen, was ich zu hören fürchtete.

Weshalb unterbrechen Sie mich? fragte er. Können Sie es gar nicht ertragen, daß ich ihren Namen in den Mund nehme?

Sagen Sie mir, sagte ich, was ist Ihre eigentliche Meinung über Jungfer Edvarda. Es interessiert mich, dies zu wissen. Er sah mich mißtrauisch an.

Meine eigentliche Meinung?

Sie können mir heute vielleicht etwas Neues mitteilen, Sie haben vielleicht sogar gefreit und ihr Ja be-

kommen. Kann ich Ihnen Glück wünschen? Nicht? Ja, der Teufel glaube Ihnen, ha-ha-ha.

So, das war es, was Sie fürchteten?

Fürchten? Bester Doktor!

Pause.

Nein, ich habe nicht gefreit und ihr Ja bekommen, sagte er; Sie haben das vielleicht getan. Man freit Edvarda nicht, sie nimmt den, auf den sie verfällt. Glauben Sie, sie sei ein Bauernmädchen? Sie haben dieses Menschenkind hier oben im Nordland getroffen und haben es selbst gesehen. Sie ist ein Kind, das zu wenig die Rute bekommen hat, und eine Frau mit vielen Launen. Kalt? Keine Angst! Warm? Eis, sage ich Ihnen. Was ist sie dann? Ein kleines Mädchen von sechzehn, siebzehn Jahren, nicht wahr? Aber versuchen Sie es nur, auf dieses kleine Mädchen einzuwirken, und sie wird all Ihrer Mühe spotten. Selbst der Vater wird nicht mit ihr fertig; sie gehorcht ihm scheinbar, aber regiert in Wirklichkeit selbst. Sie sagt, daß Sie einen Tierblick haben ...

Sie irren sich, eine andere hat gesagt, daß ich einen Tierblick habe.

Eine andere? Welche andere?

Das weiß ich nicht. Eine ihrer Freundinnen. Nein, es ist nicht Edvarda, die das gesagt hat. Halt ein wenig, vielleicht war es wirklich Edvarda selbst ...

Wenn Sie sie ansehen, hat es die und die Wirkung auf sie, sagt sie. Aber glauben Sie, daß dies Sie ihr um Haaresbreite näherbringt? Kaum. Sehen Sie sie nur an, sparen Sie Ihre Augen nicht; aber sobald sie sich Ihnen ausgesetzt fühlt, wird sie zu sich selbst sagen: Sieh, da steht nun dieser Mann und sieht mich an und glaubt, daß er das Spiel gewonnen habe! Und sie wird mit

einem Blick oder mit einem kalten Wort Sie zehn Meilen weit weg schicken. Glauben Sie nicht, daß ich sie kenne? Wie alt, glauben Sie, ist sie?

Sie ist doch achtunddreißig geboren?

Lüge. Ich habe dies spaßeshalber untersucht. Sie ist zwanzig Jahre, sie könnte übrigens gut für fünfzehn gehen. Sie ist keine glückliche Seele, es ist viel Widerstreit in ihrem kleinen Kopf. Wenn sie dasteht und zu den Bergen, zum Meer hinaussieht und ihr Mund diesen Zug hier bekommt, diesen Schmerz hier, da ist sie unglücklich; aber sie ist zu stolz und zu halsstarrig, um zu weinen. Sie ist nicht wenig abenteuerlich, sie hat eine heftige Phantasie, sie wartet auf einen Prinzen. Wie war das mit einem gewissen Fünftalerschein, den Sie hergegeben haben sollten?

Ein Scherz. Nein, es war nichts ...

Auch dies war etwas. Sie hat etwas Ähnliches einmal mit mir gemacht. Es ist ein Jahr her. Wir waren an Bord des Postschiffes, während es hier im Hafen lag. Es regnete und war kalt. Eine Frau mit einem kleinen Kind sitzt auf dem Deck und friert. Edvarda fragt sie: Frieren Sie nicht? Doch, die Frau fror. Friert nicht das Kleine auch? Ja, das Kleine fror auch. Weshalb gehen Sie nicht in die Kajüte? fragte Edvarda. Ich habe Deckplatz, antwortete die Frau. Edvarda sieht mich an. Die Frau hat nur Deckplatz, sagt sie. Was soll man da machen? antwortete ich innerlich. Aber ich verstehe Edvardas Blick. Ich bin nicht als reicher Mann geboren, ich habe mich aus nichts emporgearbeitet, und ich zähle das Geld, das ich ausgebe. Ich ziehe mich also von der Frau zurück und denke: Soll hier für sie bezahlt werden, so laß Edvarda selbst bezahlen, sie und ihr Vater haben mehr als ich. Und Edvarda be-

zahlt ganz richtig selbst. In dieser Beziehung ist sie großartig, ihr fehlt das Herz durchaus nicht. Aber so wahr, wie ich hier sitze, sie hatte erwartet, daß ich den Kajütplatz für die Frau und das Kleine bezahlen würde, ich sah es an ihrem Blick. Was weiter dann? Die Frau erhob sich und dankte für die große Hilfe. Danken Sie nicht mir, sondern danken Sie diesem Herrn dort, antwortete Edvarda und zeigte mit ruhiger Miene auf mich. Wie finden Sie das? Ich höre, daß die Frau auch mir dankt, und ich kann nichts darauf antworten, ich muß es seinen Gang gehen lassen. Sehen Sie, das ist nun ein solcher Zug, aber ich könnte mehrere erzählen. Und was die fünf Taler für den Ruderknecht angeht, so hat sie selbst dem Mann dieses Geld gegeben. Hätten Sie es getan, wäre sie Ihnen um den Hals geflogen; Sie hätten der große Herr sein müssen, der eine solche flotte Unglaublichkeit für einen ausgetretenen Schuh beging, dies paßte in ihre Vorstellung, die sie sich zurechtgelegt hatte. Da Sie es nicht taten, tat sie es selbst in Ihrem Namen. So ist sie, unvernünftig und berechnend zu gleicher Zeit.

Kann denn niemand sie gewinnen? fragte ich.

Sie müßte gezüchtigt werden, antwortete der Doktor ausweichend. Es ist durchaus falsch, daß man ihr allzu freies Spiel läßt, sie kann alles machen, was sie will, und kann siegen, soviel es sie gelüstet. Man ist von ihr in Anspruch genommen, man zeigt ihr keine Gleichgültigkeit, es ist immer jemand zur Hand, auf den sie ihre Wirkung ausüben kann. Haben Sie bemerkt, wie ich sie behandle? Wie ein Schulmädchen, ein kleines Ding, ich hofmeistere sie, tadle ihre Sprache, passe auf und bringe sie in die Klemme. Glauben Sie nicht, daß sie das versteht? Ach, sie ist stolz und

starr, es verwundet sie tief; aber sie ist auch zu stolz, um zu zeigen, daß es sie verwundet. Aber so müßte es ihr gehen. Als Sie kamen, hatte ich sie bereits ein Jahr lang gezüchtigt, es begann zu wirken, sie weinte vor Schmerz und Ärger, sie war ein vernünftiger Mensch geworden. Dann kamen Sie und zerstörten das Ganze. So steht es, der eine läßt sie los und der andere nimmt sie wieder; nach Ihnen kommt vermutlich der Dritte, wer weiß.

Oho, der Doktor hat etwas zu rächen, dachte ich und ich sagte:

Sagen Sie mir nun auch, Doktor, weshalb Sie sich die große Mühe und Beschwerlichkeit gemacht haben, mir das alles mitzuteilen? Soll ich Ihnen helfen, Edvarda zu züchtigen?

Im übrigen ist sie warm wie ein Vulkan, fuhr er fort, ohne auf meine Frage zu achten. Sie fragten, ob niemand sie gewinnen könne. Ja, weshalb nicht? Sie wartet auf ihren Prinzen, er ist nicht gekommen, sie irrt sich wieder und wieder, sie glaubte auch, daß Sie der Prinz seien, besonders weil Sie einen Tierblick hatten, haha. Hören Sie, Herr Leutnant, Sie hätten auf jeden Fall Ihre Uniform mitbringen sollen. Dies hätte nun seine Bedeutung gehabt. Weshalb sollte nicht jemand sie gewinnen können? Ich habe sie die Hände ringen sehen nach dem, der hier heraufkommen und sie nehmen, sie fortführen und über ihren Körper und ihre Seele herrschen könnte. Ja. Aber er muß von außen her kommen, eines Tages als ein etwas apartes Wesen auftauchen. Ich ahne, daß Herr Mack auf einer Expedition ist, es dürfte etwas hinter dieser Reise stecken. Auch früher einmal war Herr Mack auf der Reise, und als er zurückkam, begleitete ihn ein Herr.

Ein Herr begleitete ihn?

Ach, aber er taugte nicht viel, sagte der Doktor schmerzlich lachend. Es war ein Mann in meinem Alter, er hinkte auch, genau wie ich. Das war nicht der Prinz.

Und wo reiste er hin? fragte ich und fixierte den Doktor. Wo er hinreiste? Von hier weg? Das weiß ich nicht, antwortete er verwirrt. Na, wir haben uns allzu lange hiermit aufgehalten. In einer Woche können Sie anfangen, mit Ihrem Fuß zu gehen. Auf Wiedersehen.

19

Ich höre eine Frauenstimme vor meiner Hütte, das Blut strömt mir zum Kopfe, es ist Edvardas Stimme.

Glahn, Glahn ist krank, höre ich?

Und meine Waschfrau antwortet vor der Tür:

Er ist fast wieder gesund.

Dieses »Glahn, Glahn« ging mir durch Mark und Bein, sie wiederholte meinen Namen zweimal, dies wirkte auf mich, ihre Stimme war klar und bebend.

Sie öffnete meine Tür ohne anzuklopfen, trat eilig herein und sah mich an. Mit einem Schlag war es für mich wie in alten Tagen, sie ging in ihrer aufgefärbten Jacke und hatte die Schürze ein wenig heruntergebunden, um eine lange Taille zu haben. Ich sah das Ganze gleich, und ihr Blick, ihr braunes Gesicht mit den Augenbrauen hoch droben in der Stirn, der seltsame Ausdruck ihrer Hände, alles drang so heftig auf mich ein und machte mich verwirrt. Sie habe ich geküßt! dachte ich. Ich erhob mich und blieb stehen.

Sie erheben sich, Sie bleiben stehen, sagte sie. Setzen Sie sich doch, Ihr Fuß ist krank, Sie haben sich angeschossen. Guter Gott, wie ging das zu? Ich erfuhr es erst jetzt. Ich dachte die ganze Zeit: Was ist mit Glahn? Er kommt nie mehr. Ich wußte von gar nichts. Sie haben sich angeschossen, es ist viele Wochen her, höre ich, und ich wußte nicht ein Wort davon. Wie geht es jetzt? Sie sind auffallend bleich geworden, ich kenne Sie nicht wieder. Und der Fuß? Werden Sie hinken? Der Doktor sagt, daß Sie nicht hinken werden. Wie innig ich Sie darum liebe, daß Sie nicht hinken werden, ich danke Gott dafür. Ich hoffe, Sie entschuldigen, daß ich ohne weiteres hierher kam, ich lief mehr, als ich ging...

Sie neigte sich über mich, sie war mir nahe, ich spürte ihren Atem im Gesicht, ich griff mit den Händen nach ihr. Da rückte sie weiter weg. Ihre Augen waren noch feucht.

Es ging so zu, stammelte ich: Ich wollte die Büchse in die Ecke wegstellen, ich hielt sie falsch, so, senkrecht nach unten; dann hörte ich plötzlich einen Schuß. Es war ein Unglücksfall...

Ein Unglücksfall, sagte sie gedankenvoll und nickte. Lassen Sie mich sehen, es ist der linke Fuß; aber warum gerade der linke? Ja, es war ein Zufall...

Ja, ein Zufall, unterbrach ich sie. Wie kann ich wissen, warum es der linke Fuß war? Sie sehen selbst, so hielt ich die Büchse, da konnte es nicht gut der rechte Fuß sein. Ja, das war nicht sehr lustig.

Sie sah mich nachdenklich an.

Na, Sie sind also auf dem Weg der Besserung, sagte sie und sah sich in der Hütte um. Warum haben Sie die Frau nicht zu uns zum Essen geschickt? Wovon lebten

Sie? Wir sprachen noch einige Minuten zusammen. Ich fragte sie:

Als Sie kamen, war Ihr Gesicht bewegt und Ihre Augen leuchteten, Sie gaben mir die Hand. Nun sind Ihre Augen wieder gleichgültig geworden. Irre ich mich?

Pause.

Man kann nicht immer derselbe sein ...

Sagen Sie mir nur dieses eine Mal, sagte ich; was könnte es zum Beispiel in diesem Fall hier sein, das ich zu Ihrem Mißbehagen gesagt oder getan habe? Dies könnte mir vielleicht eine Richtschnur für die Zukunft sein.

Sie sah zum Fenster hinaus, hinaus zu dem fernen Horizont, stand da und sah gedankenvoll vor sich hin und antwortete mir, der hinter ihr saß:

Nichts, Glahn. Man kann doch bisweilen seine Gedanken haben. Sind Sie nun mißvergnügt? Denken Sie daran, einige geben wenig, und es ist viel für sie, andere geben alles, und es kostet sie keine Überwindung; wer hat so das meiste gegeben? Sie sind schwermütig geworden während Ihrer Krankheit. Wie sind wir darauf verfallen, über dies alles zu sprechen? Und plötzlich sieht sie mich an, eine Freude färbt ihr Antlitz, sie sagt: Aber werden Sie nun bald wieder gesund. Wir sehen uns wieder.

Damit reichte sie mir die Hand.

Nun kam es mir in den Sinn, ihre Hand nicht zu nehmen. Ich erhob mich, legte die Hände auf den Rücken und verbeugte mich tief; damit wollte ich für ihren liebenswürdigen Besuch danken.

Entschuldigen Sie, daß ich Sie nicht weiter begleiten kann, sagte ich.

Als sie gegangen war, setzte ich mich hin, um das Ganze noch einmal zu überdenken. Ich schrieb einen Brief und ließ mir meine Uniform senden.

20

Der erste Tag im Wald.

Ich war froh und matt, alle Tiere näherten sich mir und besahen mich, auf den Laubbäumen saßen Käfer, und Maiwürmer krochen auf dem Weg. Eine gute Begegnung! dachte ich, die Stimmung des Waldes zog durch meinen Sinn hin und zurück, ich weinte vor Liebe und war vollkommen froh dabei, ich war aufgelöst in Danksagung. Du guter Wald, meine Heimat, Gottes Frieden will ich dir von Herzen sagen... Ich halte an, wende mich nach allen Richtungen und nenne weinend Vögel, Bäume, Steine, Gras und Ameisen beim Namen, sehe mich um und nenne sie der Reihe nach. Ich sehe zu den Bergen auf und denke: Ja, nun komme ich! als antwortete ich auf einen Ruf. Hoch da oben brütete der Zwergfalke, ich kannte seine Nester. Aber der Gedanke an die brütenden Zwergfalken oben in den Bergen führte meine Phantasie weit weg.

Mittags ruderte ich hinaus, ich landete auf einer kleinen Insel, einem Holm draußen vor dem Hafen. Da gab es lila Blumen mit langem Stengel, die mir bis zum Knie reichten, ich watete in sonderbaren Gewächsen, Himbeerbüschen, grobem Gras; es waren keine Tiere da, und Menschen waren wohl auch nicht dagewesen. Die See schäumte sanft gegen die Insel und hüllte mich in einen Schleier von Sausen ein, weit oben bei den Eierholmen schrien und flogen alle Vö-

gel der Küste. Aber das Meer umschloß mich von allen Seiten wie eine Umarmung. Gesegnet sei das Leben und die Erde und der Himmel, gesegnet seien meine Feinde, ich will in dieser Stunde meinem schlimmsten Feinde gnädig sein und seinen Schuhriemen binden ... Ein lauter Aufsang klingt von einem der Segelschiffe des Herrn Mack zu mir heraus, und mein Inneres füllt sich bei diesem wohlbekannten Laut mit Sonnenschein. Ich rudere zur Brücke, gehe an den Fischerhütten vorbei und begebe mich heim. Der Tag geht zur Neige, ich nehme meine Mahlzeit ein, teile mein Essen mit Äsop und gehe wieder in den Wald. Milde Winde streichen lautlos gegen mein Gesicht. Seid gesegnet, sage ich zu den Winden, weil sie gegen mein Gesicht wehen, seid gesegnet; mein Blut beugt sich in meinen Adern in Danksagung vor euch! Äsop legt seine Pfote an mein Knie.

Lul! Lul! Läuten Glocken? Einige Meilen draußen im Meer steht ein Berg. Ich sage zwei Gebete, eines für meinen Hund und eines für mich selbst, und wir kommen in den Berg hinein. Die Pforte schlägt hinter uns zu, es tut einen Ruck in mir und ich erwache.

Flammend roter Himmel, die Sonne steht und stampft vor meinen Augen, die Nacht, der Horizont dröhnen von Licht. Äsop und ich gehen in den Schatten. Es ist still um uns. Nein, wir wollen nicht mehr schlafen, sage ich zu Äsop, wir wollen morgen jagen, die rote Sonne scheint auf uns, wir wollen nicht in den Berg hinein ... Und sonderbare Stimmungen erhalten Leben in mir, und mein Blut steigt mir zu Kopfe. Ich fühle erregt und noch schwach, daß jemand mich küßt, und der Kuß liegt auf meinen Lippen. Ich sehe

mich um, es ist niemand sichtbar anwesend. Iselin! sage ich. Es raschelt im Gras, es konnte Laub sein, das zur Erde fiel, es konnten auch Schritte sein. Ein Schauer geht durch den Wald, das könnte Iselins Atemzug sein, denke ich. In diesen Wäldern ist Iselin gegangen, hier erhörte sie Jäger in gelben Stiefeln und grünen Kappen. Draußen auf meinem Hof wohnte sie, zwei Viertelmeilen von hier, sie saß vor vier Menschenaltern an ihrem Fenster und hörte das Jagdhorn schallen aus den Wäldern ringsumher. Hier waren Rentier und Wolf und Bär und die Jäger, es waren ihrer viele, und alle sahen sie sie aufwachsen, und ein jeder von ihnen wartete auf sie. Einer hatte ihre Augen gesehen, ein anderer ihre Stimme gehört; aber einmal stand ein schlafloser Geselle in der Nacht auf und bohrte ein Loch zu Iselins Kammer, er sah den weißen Samt ihres Bauches. In ihrem zwölften Jahr kam Dundas. Er war Schotte, er handelte mit Fischen und hatte viele Schiffe. Er hatte einen Sohn. Als Iselin sechzehn Jahre wurde, sah sie den jungen Dundas zum erstenmal. Er war ihre erste Liebe ...

Und so seltsame Stimmungen ziehen durch mich, und so schwer wird mein Kopf, während ich dort sitze; ich schließe die Augen und fühle nach Iselins Kuß. Iselin, bist du hier, du, des Lebens Geliebte, sage ich, und hast du Diderik hinter einem Baum stehen? ... Aber schwerer und schwerer wird mein Kopf, und ich fließe in die Wogen des Schlafes hinein.

Lul! Lul! Eine Stimme spricht, es ist, als wenn das Siebengestirn durch mein Blut singt, es ist Iselins Stimme:

Schlafe, schlafe! Ich will dir von meiner Liebe erzählen, während du schläfst, und ich will dir von mei-

ner ersten Nacht erzählen. Ich erinnere mich, ich vergaß, meine Tür zu verschließen; ich war sechzehn Jahre, es war Frühlingszeit, und warme Winde wehten; Dundas kam. Es war, als wenn ein Adler gebraust käme. Ich traf ihn eines Morgens vor der Jagdzeit, er war fünfundzwanzig Jahre alt und kam von fernen Reisen, er ging an meiner Seite im Garten, und als er mich mit seinem Arm berührte, begann ich ihn zu lieben. Er bekam zwei fieberrote Flecken auf der Stirn und ich hätte diese zwei Flecken küssen mögen.

Am Abend nach der Jagdzeit ging ich und sah im Garten nach ihm aus, und ich fürchtete, daß ich ihn finden könnte. Ich nannte leise seinen Namen für mich selbst, und ich fürchtete, daß er es hören könnte. Da, kommt er aus den Büschen hervor und flüstert: Heute nacht um ein Uhr! Worauf er verschwindet.

Heute nacht um ein Uhr, sage ich zu mir selbst, was meinte er damit? Ich verstehe nichts. Er meinte wohl, daß er heute nacht um ein Uhr wieder reisen müsse, aber was geht es mich an, ob er reist?

So geschah es, daß ich vergaß, meine Tür zu verriegeln ... Um ein Uhr steigt er herein.

War meine Tür nicht verriegelt? frage ich.

Ich werde sie verriegeln, antwortet er.

Und er schließt die Tür und sperrt uns ein.

Ich war so bange wegen des Lärms seiner großen Stiefel. Wecke meine Magd nicht! sagte ich. Ich war so bange wegen des knackenden Stuhls und ich sagte:

Nein, nein, setze dich nicht auf den Stuhl, er knackt!

Darf ich dann bei dir auf dem Sofa sitzen? fragte er.

Ja, sagte ich.

Aber das sagte ich nur, weil der Stuhl knackte.

Wir saßen auf meinem Sofa. Ich rückte fort, er rückte nach. Ich blickte nieder.

Du frierst, sagte er und nahm meine Hand. Kurz darauf sagte er: Wie du frierst! und legte seinen Arm um mich. Ich wurde warm in seinem Arm. Wir saßen so eine Weile. Ein Hahn krähte.

Hast du gehört, sagte er, ein Hahn kräht, es ist bald Morgen.

Und er rührte mich an und machte mich hilflos.

Wenn du nur auch ganz sicher bist, daß der Hahn gekräht hat, stammelte ich.

Ich sah wieder die zwei fieberroten Flecken auf seiner Stirn, und ich wollte mich erheben. Da hielt er mich zurück, ich küßte die zwei liebreichen Flecken und schloß meine Augen vor ihm...

So wurde es Tag, schon war es Morgen. Ich erwachte und kannte die Wände in meiner Kammer nicht wieder, ich stand auf und kannte meine eigenen kleinen Schuhe nicht wieder; es rieselte etwas durch mich. Was kann das sein, das mich durchrieselt! dachte ich lachend. Und wieviel schlug eben die Uhr? Nichts wußte ich, sondern ich erinnerte mich nur, daß ich vergessen hatte, meine Tür zu verriegeln.

Meine Magd kommt.

Deine Blumen haben kein Wasser bekommen, sagt sie. Ich hatte meine Blumen vergessen.

Du hast dein Kleid verknüllt, fährt sie fort.

Wie kann ich mein Kleid verknüllt haben? denke ich mit lachendem Herzen; aber das muß ich wohl heute nacht getan haben?

Ein Wagen fährt durch das Gartentor herein.

Und deine Katze hat kein Fressen bekommen, sagt meine Magd.

Aber ich vergesse meine Blumen, mein Kleid und meine Katze und frage:

Ist es Dundas, der draußen hält? Bitte ihn, gleich herein zu kommen, ich erwarte ihn, es war etwas... etwas... Und ich denke bei mir selbst: Ob er wohl wieder die Tür verschließen wird, wenn er kommt?

Er klopft an. Ich öffne ihm und drücke selbst die Tür ins Schloß, um ihm einen kleinen Dienst zu tun.

Iselin! bricht er aus und küßt meinen Mund eine ganze Minute lang.

Ich habe keinen Boten nach dir gesandt, flüstere ich.

Nicht? fragt er.

Ich werde wieder ganz hilflos und ich antworte:

Doch, ich sandte einen Boten nach dir, ich sehnte mich unsagbar nach dir. Bleibe ein wenig.

Und ich hielt mir vor Liebe die Augen zu. Er ließ mich nicht los, ich sank um und verbarg mich bei ihm.

Mir schien, als krähte wieder etwas? sagte er und lauschte. Aber als ich hörte, was er sagte, unterbrach ich ihn, so schnell ich konnte und sagte: Nein, wie kannst du glauben, daß wieder etwas krähe!

Es krähte nichts.

Er küßte meine Brust.

Es war nur ein Huhn, das krähte, sagte ich im letzten Augenblick.

Warte ein wenig, ich will die Tür verschließen, sagte er und wollte sich erheben.

Ich hielt ihn zurück und flüsterte:

Sie ist verschlossen...

Dann wurde es wieder Abend, und Dundas war abgereist. Es rieselte etwas Goldenes durch mich. Ich stellte mich vor den Spiegel, und zwei verliebte Augen sahen gerade auf mich, es rührte sich etwas in mir bei

meinem Blick und rieselte und rieselte rund um mein Herz. Mein Gott, ich hatte nie vorher mich selbst mit diesen Augen angesehen, und ich küßte vor Liebe meinen eigenen Mund im Spiegel ...

Aber nun habe ich dir von meiner ersten Nacht erzählt und vom Morgen und vom Abend darauf. Später einmal werde ich dir von Svend Herlufsen erzählen. Ihn liebte ich auch, er wohnte eine Meile von hier, auf der Insel, die du da draußen siehst, und ich ruderte selbst in stillen Sommernächten zu ihm, denn ich liebte ihn. Ich will dir auch von Stamer erzählen. Er war Priester, ich liebte ihn. Ich liebte alle ...

Ich höre durch meinen Schlummer einen Hahn, der unten bei Sirilund kräht.

Hörst du, Iselin, ein Hahn kräht auch uns zu! rief ich freudig und streckte die Arme aus. Ich erwache. Äsop ist schon auf den Beinen. Fort! sage ich in brennender Trauer und blicke um mich. Hier ist niemand, niemand ist hier! Von Hitze und Erregung erfüllt gehe ich heimzu. Es ist Morgen, der Hahn kräht immer noch in Sirilund. Bei der Hütte steht ein Weib, steht Eva. Sie hat einen Strick in der Hand und will in den Wald, um Holz zu holen. Der Morgen des Lebens ist über dem jungen Mädchen, ihre Brust geht auf und nieder, die Sonne vergoldet sie.

Sie dürfen nicht glauben ... stammelt sie.

Was darf ich nicht glauben, Eva?

Ich kam nicht hierher, um Sie zu treffen, ich ging nur vorbei ...

Und ihr Gesicht erdunkelt in Röte.

21

Mein Fuß verursachte mir weiterhin Unannehmlichkeiten und Plage, in der Nacht juckte er oft und hielt mich wach, ein plötzlicher Stich konnte ihn durchzucken, und bei Witterungsumschlag war er voller Gicht. Das dauerte viele Tage. Aber es kam nicht so weit, daß ich hinkte.

Die Tage gingen.

Herr Mack war zurückgekommen, und ich sollte gleich erfahren, daß er gekommen war. Er nahm mir mein Boot weg, er brachte mich in Verlegenheit, es war noch keine Jagdzeit und ich konnte nichts schießen. Aber weshalb beraubte er mich ohne weiteres des Bootes? Zwei von Herrn Macks Schauerleuten hatten im Morgendämmern einen Fremden auf das Meer hinausgerudert.

Ich traf den Doktor.

Man hat mir mein Boot genommen, sagte ich.

Ein Fremder ist hergekommen, sagte er. Man muß ihn jeden Tag aufs Meer rudern und ihn am Abend wieder heimbringen. Er untersucht den Meeresgrund.

Der Fremde war ein Finnländer, Herr Mack hatte ihn zufällig an Bord des Schiffes getroffen, er kam von Spitzbergen mit einigen Sammlungen von Muscheln und kleinen Seetieren, man nannte ihn Baron. Er hatte einen großen Saal und noch ein zweites Zimmer in Herrn Macks Haus bekommen. Er erregte viel Aufmerksamkeit.

Ich leide Not an Fleisch, und ich könnte Edvarda um etwas Essen für heute abend bitten, dachte ich. Ich gehe hinunter nach Sirilund. Ich bemerke sofort, daß

Edvarda ein neues Kleid anhat, sie scheint gewachsen zu sein, ihr Kleid ist sehr lang.

Entschuldigen Sie, daß ich sitzen bleibe, sagt sie kurz und reicht mir die Hand.

Ja, leider, meine Tochter ist unpäßlich, sagt Herr Mack. Es ist eine Erkältung, sie ist nicht vorsichtig gewesen . . . Sie kommen vermutlich wegen Ihres Bootes? Ich bin genötigt, Ihnen ein anderes zu leihen, einen Kjaeks. Er ist nicht neu, aber wenn Sie fleißig ausschöpfen . . . Nein, wir haben nämlich einen Gelehrten ins Haus bekommen, und Sie werden verstehen, daß ein solcher Mann . . . Er hat keine überflüssige Zeit, er arbeitet den ganzen Tag und kommt am Abend heim. Gehen Sie nicht fort, bevor er kommt, damit Sie ihn sehen können. Sie werden Interesse daran haben, seine Bekanntschaft zu machen. Hier ist seine Karte mit Krone, ein Baron. Ein liebenswürdiger Mann. Ich traf ihn ganz zufällig.

Aha, dachte ich, man lädt dich nicht für den Abend ein. Gott sei Dank, ich ging auch nur zur Probe hierher, ich kann wieder heimgehen, ich habe noch ein wenig Fisch in der Hütte. Es wird sich wohl etwas zum Essen finden. Basta.

Der Baron kam. Ein kleiner Mann von ungefähr vierzig Jahren, ein langes, schmales Gesicht mit vorstehenden Backenknochen und dünnem schwarzem Bart. Sein Blick war stechend und durchdringend, aber er trug eine starke Brille. Auch in seinen Hemdknöpfen hatte er die fünfzackige Krone, wie auf seiner Karte. Er war ein wenig vorgebeugt, und seine mageren Hände hatten blaue Adern; aber die Nägel waren wie von gelbem Metall.

Freut mich sehr, Herr Leutnant. Herr Leutnant sind lange hier gewesen?

Einige Monate.

Ein angenehmer Mann. Herr Mack forderte ihn auf, von seinen Muscheln und Kleintieren zu erzählen, und er tat es bereitwillig, erklärte uns die Lehmarten rings auf den Korholmen, ging in den Saal und holte eine Probe von Tang aus dem Weißen Meer. Er griff unablässig mit dem rechten Zeigefinger hinauf an die dicke Goldbrille auf der Nase und rückte sie vor und zurück. Herr Mack war in hohem Maße interessiert.

Eine Stunde ging hin.

Der Baron sprach von meinem Unfall, meinem unglücklichen Schuß. Ob ich geheilt sei? Wirklich? Freute ihn.

Wer hat ihm von meinem Unfall erzählt? dachte ich. Ich fragte: Von wem haben Herr Baron von meinem Unfall gehört?

Von . . . ja, wer war das nun? Fräulein Mack, glaube ich. Nicht wahr, Fräulein Mack?

Edvarda wurde flammend rot.

Ich war so armselig hierher gekommen, mehrere Tage lang hatte eine dunkle Verzweiflung mich niedergedrückt, aber bei den letzten Worten des Fremden flackerte sogleich eine Freude durch mich. Ich sah Edvarda nicht an, aber ich dachte: Dank dafür, daß du von mir gesprochen hast, meinen Namen mit deiner Zunge genannt hast, obwohl er ewig bedeutungslos für dich ist. Gute Nacht. Ich verabschiedete mich. Edvarda blieb auch jetzt sitzen, sie entschuldigte sich der Höflichkeit halber damit, daß sie unpäßlich sei. Voller Gleichgültigkeit gab sie mir die Hand.

Und Herr Mack stand in eifrigem Gespräch mit dem Baron. Er erzählte von seinem Großvater Konsul Mack: Ich weiß nicht, ob ich dem Herrn Baron schon er-

zählt habe, daß König Carl Johan diese Spange mit eigenen Händen an der Brust meines Großvaters befestigt hatte. Ich kam auf die Treppe, niemand folgte mir heraus. Ich warf im Vorbeigehen einen Blick durch die Fenster in die Großstube, da stand Edvarda, hoch, aufrecht, mit beiden Händen die Vorhänge zur Seite haltend, und sah heraus. Ich unterließ es zu grüßen, ich vergaß alles, ein Strom der Verwirrung ergriff mich und führte mich hastig fort.

Halt, bleib einen Augenblick stehen! sagte ich zu mir selbst, als ich den Wald erreicht hatte. Bei Gott im Himmel, das muß ein Ende haben! Ich wurde plötzlich heiß vor Zorn und stöhnte. Ach, ich hatte keine Ehre mehr in der Brust, hoch gerechnet hatte ich Edvardas Gnade eine Woche lang genossen, nun war das seit langem vorbei, und ich richtete mich nicht danach ein. Von jetzt ab sollte mein Herz ihr zurufen: Staub, Luft, Erde auf meinem Weg, bei Gott im Himmel ...

Ich erreichte die Hütte, suchte meinen Fisch hervor und hielt Mahlzeit.

Hier gehst du und glühst dein Leben aus für ein geringes Schulmädchen, und deine Nächte sind voll von öden Träumen. Und ein schwüler Wind steht still um deinen Kopf. Ein übelriechender vorjähriger Wind. Während der Himmel im wunderbarsten Blau zittert und die Berge dich rufen. Komm, Äsop, hei!

22

Es verging eine Woche. Ich lieh das Boot des Schmieds und fischte mir etwas zu essen. Edvarda und der fremde Baron waren immer beisammen, wenn er am

Abend vom Meer heimkam, und ich sah sie einmal bei der Mühle. Eines Abends kamen sie beide an meiner Hütte vorbeigegangen, ich zog mich vom Fenster zurück und verschloß für alle Fälle leise meine Türe. Es machte gar keinen Eindruck auf mich, sie beieinander zu sehen; ich zuckte mit der Schulter. Eines Abends traf ich sie auf dem Weg, und wir grüßten einander, ich ließ den Baron zuerst grüßen und griff selbst nur mit ein paar Fingern zur Mütze hinauf, um unhöflich zu sein. Ich ging langsam an ihnen vorbei und sah sie dabei gleichgültig an.

Wieder verlief ein Tag.

Wie viele, lange Tage waren nun doch vergangen! Eine gedrückte Stimmung beherrschte mich, mein Herz grübelte über die Dinge, selbst der freundliche graue Stein bei meiner Hütte stand wie mit einem Ausdruck der Pein und Verzweiflung da, wenn ich vorbeiging. Es sah nach Regen aus, die Wärme stand förmlich still und keuchte vor mir, wohin ich mich wandte, ich hatte Gicht in meinem linken Fuß, im Morgengrauen hatte ich gesehen, wie eines der Pferde von Herrn Mack sich in der Deichsel schüttelte; all dieses war von Bedeutung für mich als Wetterzeichen. Es ist am besten, das Haus mit Essen zu versehen, solange gutes Wetter ist, dachte ich.

Ich band Äsop an, nahm mein Fischgerät und meine Büchse und ging zur Landungsbrücke hinunter. Ich war ganz ungewöhnlich beklommen.

Wann kommt das Postschiff? fragte ich einen Fischer.

Das Postschiff? Das kommt in drei Wochen, antwortete er. Ich erwarte meine Uniform, sagte ich.

Darauf traf ich einen von Herrn Macks Ladengehilfen. Ich nahm seine Hand und sagte:

Sagen Sie mir um Christi willen, spielt ihr nie mehr Whist auf Sirilund?

Doch, oft, antwortete er.

Pause.

Ich konnte nicht mehr kommen in der letzten Zeit, sagte ich. Ich ruderte zu meinem Fischgrund hinaus. Das Wetter war drückend geworden, die Mücken sammelten sich in Schwärmen, und ich mußte die ganze Zeit Tabak rauchen, um mich vor ihnen zu retten. Die Schellfische bissen an, ich nahm den Doppelhaken, ich machte einen guten Fang. Auf dem Heimweg schoß ich zwei Alken.

Als ich zur Landungsbrücke kam, stand der Schmied dort. Er war in Arbeit. Es durchfährt mich ein Gedanke, ich frage ihn: Gehst du mit nach Hause?

Nein, antwortet er, Herr Mack hat mir Arbeit bis Mitternacht gegeben.

Ich nickte und dachte bei mir selbst, daß es so gut sei.

Ich nahm meinen Fang und ging, ich wählte den Weg am Haus des Schmieds vorbei. Eva war allein daheim.

Ich sehnte mich so herzlich nach dir, sagte ich zu ihr. Und ich wurde bei ihrem Anblick gerührt, sie konnte mich vor Verwunderung kaum ansehen. Ich liebe deine Jugend und deine guten Augen, sagte ich. Straf mich nun heute, weil ich mehr an eine andere gedacht habe als an dich. Höre, ich komme zu dir nur, um dich anzusehen, du tust mir wohl, ich hab dich gern. Hörtest du, daß ich dich heute nacht rief?

Nein, erwiderte sie erschrocken.

Ich rief nach Edvarda, Jungfer Edvarda, aber ich meinte dich. Ich erwachte davon. Doch, ich meinte dich. Ich war zu entschuldigen, ich versprach mich, als ich Edvarda sagte. Aber laß uns nicht mehr von ihr sprechen. Gott, wie sehr du doch mein liebstes Mädchen bist, Eva! Du hast heute einen so roten Mund. Du hast hübschere Füße als Edvarda, sieh nur selbst. – Ich hob ihr Kleid auf und zeigte ihr ihre eigenen Beine.

Eine Freude, wie ich sie noch nie an ihr gesehen, flog über ihr Antlitz; sie will sich wegwenden, bedenkt sich aber und schlingt den einen Arm um meinen Hals.

Eine Stunde vergeht. Wir sprechen miteinander, sitzen die ganze Zeit auf einer langen Bank und reden über viele Dinge. Ich sage:

Wirst du es glauben, Jungfer Edvarda hat noch nicht sprechen gelernt, sie spricht wie ein Kind, sie sagt »mehr glücklicher«, ich habe es selbst gehört. Findest du, daß sie eine schöne Stirn hat? Das finde ich nicht. Sie hat eine teuflische Stirn. Sie wäscht auch ihre Hände nicht. Wir wollten doch nicht mehr von ihr reden?

Richtig. Ich vergaß es nur.

Es vergeht wieder einige Zeit. Ich denke an etwas, ich schweige.

Weshalb werden deine Augen naß? fragt Eva.

Sie hat übrigens eine schöne Stirn, sage ich, und ihre Hände sind immer rein. Es war nur ein Zufall, daß sie einmal schmutzig waren. Ich wollte nichts anderes sagen. – Aber nun fahre ich hitzig und mit zusammengebissenen Zähnen fort: Ich sitze hier und denke unablässig an dich, Eva; aber es fällt mir ein, daß du vielleicht nicht gehört hast, was ich dir jetzt erzählen

will. Das erste Mal, als Edvarda Äsop sah, sagte sie: Äsop, das war doch ein weiser Mann, er war Phrygier. Ist das nicht närrisch? Sie hatte es am selben Tag in einem Buch gelesen, dessen bin ich sicher.

Ja, sagt Eva, aber was weiter?

Soweit ich mich erinnere, sprach sie auch davon, daß Äsop Xanthus zum Lehrer gehabt hatte. Hahaha.

So.

Was zum Teufel soll das nun, einer Versammlung zu erzählen, daß Äsop Xanthus zum Lehrer gehabt hat? Ich frage nur. Ach, du bist heute nicht richtig aufgelegt, Eva, sonst würdest du dich krank lachen darüber.

Doch, ich finde auch, daß das lustig ist, sagt Eva, und beginnt angestrengt und erstaunt zu lachen. Aber ich verstehe es nicht so gut wie du.

Ich schweige und denke, schweige und denke.

Willst du, daß wir am liebsten still sitzen und nichts sprechen? fragt Eva leise. Die Güte leuchtet aus ihren Augen, sie fährt mir mit der Hand über das Haar.

Du gute, gute Seele! rufe ich aus und drücke sie heftig an mich. Ich bin sicher, daß ich vor Liebe zu dir vergehe, ich liebe dich mehr und mehr, zum Schluß kommst du mit mir, wenn ich reise. Du wirst es sehen. Könntest du mich begleiten?

Ja, antwortet sie.

Ich höre dieses Ja fast nicht, aber ich fühle es an ihrem Atem, ich merke es ihr an, wir halten uns wild umarmt, und sie gibt sich so ganz besinnungslos hin.

Eine Stunde danach küsse ich Eva zum Abschied und gehe. Ich begegne Herrn Mack in der Tür.

Herrn Mack selbst.

Es gibt ihm einen Riß, und er stiert in die Stube, bleibt dort auf der Türschwelle stehen und stiert. Na! sagt er und kann nicht mehr herausbringen, er ist wie betäubt.

Sie haben nicht erwartet, mich hier zu finden? sage ich und grüße.

Eva rührt sich nicht.

Herr Mack faßt sich, eine merkwürdige Sicherheit legt sich über ihn, er antwortet: Sie irren sich, gerade Sie suche ich. Ich will Sie darauf aufmerksam machen, daß es vom ersten April bis zum fünfzehnten August verboten ist, innerhalb einer Achtelmeile von den Brut- und Nistplätzen einen Schuß zu lösen. Sie haben heute zwei Vögel bei der Insel geschossen, die Leute haben Sie gesehen.

Ich schoß zwei Alken, sagte ich geschlagen. Es ging mir auf der Stelle auf, daß der Mann in seinem Recht war.

Zwei Alken oder zwei Eidervögel, das ist ganz gleich. Sie waren innerhalb gefriedeten Gebietes.

Ich erkenne das an, sagte ich. Es ist mir nicht eher eingefallen.

Es hätte Ihnen aber eher einfallen müssen.

Ich habe auch im Mai meine beiden Läufe ungefähr auf derselben Stelle abgeschossen. Das war auf einer Inseltour. Es geschah auf Ihre eigene Aufforderung.

Das ist eine andere Sache, sagte Herr Mack kurz.

Aber dann zum Teufel, so wissen Sie wohl, was Sie zu tun haben?

Sehr genau, antwortete er.

Eva hielt sich in Bereitschaft; als ich hinausging, folgte sie nach; sie hatte ein Tuch umgebunden und ging vom Haus fort, ich sah sie den Weg zu den Packhäusern nehmen. Herr Mack wanderte heim.

Ich dachte über das Ganze nach. Welche Geschmeidigkeit, einen Ausweg zu finden, wie seine Augen stachen! Ein Schuß, zwei Schüsse, ein paar Alken, eine Geldstrafe, eine Ausbezahlung. Und dann war alles abgetan mit Herrn Mack und seinem Haus. Alles ging im Grund so übermäßig hübsch und schnell.

Es begann bereits mit großen weichen Tropfen zu regnen. Die Elstern flogen über die Erde hin, und als ich heimkam und Äsop losließ, fraß er Gras. Der Wind begann zu sausen.

23

Eine Meile unter mir sehe ich das Meer. Es regnet, und ich bin in den Bergen, ein vorhängender Felsen beschützt mich gegen den Regen. Ich rauche aus meiner kurzen Pfeife, rauche eine Pfeife nach der andern, und jedesmal, wenn ich anzünde, kriecht der Tabak wie glühende kleine Würmer aus der Asche auf. So wimmeln auch die Gedanken in meinem Kopf. Auf dem Boden vor mir liegt ein Bündel dürrer Zweige von einem zerstörten Vogelnest. Und so wie dieses Vogelnest ist auch meine Seele.

Ich entsinne mich jeder kleinsten Bagatelle von den Erlebnissen dieses und des nächsten Tages. Hoho, wie übel ich zugerichtet wurde ...

Ich sitze hier in den Bergen, und das Meer und die Luft sausen, es kocht und klagt grauenvoll in meinen Ohren von Wind und Wetter. Große und kleinere Fahrzeuge sieht man weit draußen mit gerefftem Segel, es sind Menschen an Bord, sie wollen wohl an

irgendeinen Ort hin, und Gott weiß, wo alle diese Menschenleben hin wollen, denke ich. Das Meer hebt sich schäumend empor und taumelt, taumelt, es ist wie von großen rasenden Gestalten bevölkert, die mit den Gliedern um sich schlagen und einander zubrüllen, nein, es ist ein Fest zwischen zehntausend pfeifenden Teufeln, die ihren Kopf unter die Achsel stecken und herumkreisen, das Meer mit den Flügelspitzen weiß peitschend. Weit, weit draußen liegt eine Blindschäre, von dieser Blindschäre reckt sich ein weißer Meermann empor und schüttelt sein Haupt nach einem leck gesprungenen Rahsegler, der vor dem Winde lenzt und aufs Meer getrieben wird, hoho, aufs Meer, hinaus auf das öde Meer...

Ich freue mich darüber, daß ich allein bin, daß niemand meine Augen sehen kann, ich lehne mich vertrauensvoll an die Felswand und weiß, daß hier niemand hinter mir stehen und mich von rückwärts beobachten kann. Ein Vogel schwebt über das Gebirge mit einem abgerissenen Schrei, im selben Augenblick löst sich ein Stück weiter weg ein Felsblock und rollt zum Meer hinab. Und ich bleibe eine Zeitlang still sitzen, ich werde ruhig, es zittert ein bergendes Gefühl von Behagen durch mich, weil ich so sicher im Versteck sitzen kann, während der Regen draußen immer noch niederfällt. Ich knöpfte meine Joppe zu und dankte Gott für diese warme Joppe. Es verging noch eine Weile. Ich schlief ein.

Es ist Nachmittag, ich gehe heim, es regnet noch. Da begegnet mir etwas Ungewöhnliches. Edvarda steht vor mir auf dem Steig. Sie ist durchnäßt, als wäre sie lange im Regen draußen gewesen, aber sie lächelt. Na! denke ich sofort, und ein Ingrimm erfaßt mich,

ich presse die Finger wütend um meine Büchse und gehe ihr so entgegen, obwohl sie lächelt.

Guten Tag! ruft sie zuerst.

Ich warte, bis ich ihr einige Schritte näher gekommen bin und sage:

Ich grüße Sie, Schönjungfrau!

Sie stutzt über meine Spaßhaftigkeit. Ach ich wußte nicht, was ich sagte. Sie lächelt furchtsam und sieht mich an.

Waren Sie heute auf den Bergen? fragte sie. Da sind Sie naß geworden. Ich habe ein Tuch hier, wenn Sie es umnehmen wollen, ich habe es übrig... Nein, Sie kennen mich nicht wieder. Und sie schlägt die Augen nieder und schüttelt den Kopf, als ich das Tuch nicht annehme.

Ein Tuch? antworte ich und grinse vor Zorn und Erstaunen. Aber ich habe eine Joppe hier, wollen Sie sie zu leihen nehmen? Ich habe sie übrig, ich würde sie einem jeden geliehen haben, so daß Sie sie ruhig nehmen dürfen. Einer Fischersfrau würde ich sie mit Freuden leihen.

Ich sah, daß sie darauf gespannt war, was ich sagen würde, sie lauschte so erwartungsvoll, daß sie häßlich wurde und den Mund zusammenzuhalten vergaß. Sie steht mit dem Tuch in der Hand da, es ist ein weißes Seidentuch, sie hat es vom Hals genommen.

Auch ich reiße meine Joppe herunter.

Um Gottes willen, ziehen Sie sie wieder an! ruft sie, Sie sollen das nicht tun. Sind Sie so böse auf mich?

Nein, Herrgott, ziehen Sie doch die Joppe wieder an, bevor Sie durchnäßt werden.

Ich zog die Joppe wieder an.

Wo wollen Sie hin? fragte ich dumpf.

Nein, nirgendshin... Ich verstehe nicht, daß Sie die Joppe ausziehen konnten...

Wo haben Sie den Baron heute? fragte ich weiter. In diesem Wetter kann doch der Graf nicht auf dem Meer sein...

Glahn, ich wollte Ihnen nur etwas sagen...

Ich unterbrach sie: Darf ich Sie bitten, dem Herzog meinen Gruß zu überbringen?

Wir sehen einander an. Ich stehe da, bereit, ihr mit weiteren Unterbrechungen zu entgegnen, wenn sie den Mund öffnen sollte. Endlich gleitet ein schmerzlicher Zug über ihr Gesicht, ich schaue weg und sage:

Aufrichtig gesagt, geben Sie dem Prinzen einen Korb, Jungfer Edvarda. Das ist kein Mann für Sie. Ich versichere Ihnen, in diesen Tagen geht er umher und grübelt darüber nach, ob er Sie zu seiner Frau machen soll oder nicht, und damit kann Ihnen auch nicht gedient sein.

Nein, davon wollen wir nicht sprechen; nicht wahr? Glahn, ich habe an Sie gedacht, Sie konnten Ihre Joppe ausziehen und durchnäßt werden um eines anderen willen, ich komme zu Ihnen...

Ich zucke mit den Schultern und fahre fort:

Ich schlage Ihnen statt dessen den Doktor vor. Was haben Sie an ihm auszusetzen? Ein Mann in seinen besten Jahren, ein ausgezeichneter Kopf. Denken Sie darüber nach.

Hören Sie mich nur eine Minute an...

Äsop, mein Hund, erwartet mich in der Hütte. Ich nahm die Mütze ab, grüßte und sagte wieder: Ich grüße Sie, Schönjungfrau.

Damit fing ich zu gehen an.

Sie stieß einen Schrei aus:

Nein, reiß mir nicht das Herz heraus. Ich komme heute zu dir, ich paßte dich hier ab und ich lächelte, als du kamst. Gestern war ich beinahe von Sinnen, denn ich hatte die ganze Zeit an etwas gedacht, ich war schwindlig und dachte immer an dich. Heute saß ich in der Stube, ein Mensch kam herein, ich sah nicht auf, aber ich wußte, wer es war, der kam. Ich ruderte gestern eine halbe Viertelmeile, sagte er. Wurden Sie nicht müde? fragte ich. Ach doch, sehr müde, und ich bekam Blasen an meinen Händen, sagte er dann und war darüber betrübt. Ich dachte: Sieh, darüber ist er nun betrübt. Eine Weile später sagte er: Ich hörte heute nacht ein Flüstern vor meinen Fenstern, es war Ihre Hausjungfer und Ihr einer Ladengehilfe, im intimen Gespräch. Ja, sie wollen einander heiraten, sagte ich. Ja, aber es war zwei Uhr! Was weiter? fragte ich und sagte ein wenig später: Die Nacht gehört ihnen. Da rückte er seine Goldbrille auf der Nase hinauf und bemerkte: Aber nicht wahr, finden Sie nicht, mitten in der Nacht, das sieht nicht gut aus? Ich sah immer noch nicht auf, und wir saßen zehn Minuten lang so. Darf ich Ihnen einen Schal für Ihre Schultern bringen? fragte er. Nein, danke, antwortete ich. Wer Ihre kleine Hand nehmen dürfte? sagte er. Ich antwortete nicht, meine Gedanken waren an anderen Orten. Er legte eine kleine Schachtel in meinen Schoß, ich öffnete die Schachtel und fand eine Nadel darin. Die Nadel hatte eine Krone, und ich zählte in ihr zehn Steine... Glahn, ich habe die Nadel hier, willst du sie sehen? Sie ist in Stücke zertreten; komm nur und sieh, daß sie entzwei getreten ist... Nun wohl, was soll ich mit der Nadel? fragte ich. Sie sollen sich damit schmücken, antwortete er. Aber ich reichte ihm die Nadel zurück

und sagte: Lassen Sie mich, ich denke mehr an einen anderen. Welchen anderen? fragte er. An einen Jäger, antwortete ich, er hat mir nur zwei sehr schöne Federn zur Erinnerung gegeben, aber nehmen Sie Ihre Nadel wieder zurück. Doch er wollte die Nadel nicht zurücknehmen. Ich sah ihn zum erstenmal an, seine Augen waren durchdringend. Ich nehme die Nadel nicht zurück, machen Sie damit, was Sie wollen, treten Sie darauf, sagte er. Ich stand auf, legte die Nadel unter meinen Absatz und trat darauf. Das war heute morgen... Vier Stunden lang ging ich umher, wartete, nach Mittag begab ich mich hinaus. Er fing mich auf dem Weg ab. Wo wollen Sie hin? fragte er. Zu Glahn, erwiderte ich, ich will ihn bitten, mich nicht zu vergessen... Seit ein Uhr habe ich hier gewartet, ich stand bei einem Baum und sah dich kommen, du warst wie ein Gott! Ich liebte deine Gestalt, deinen Bart und deine Schultern, alles an dir liebte ich... Nun bist du ungeduldig, du willst gehen, geh nur, ich bin dir gleichgültig, du siehst mich nicht an...

Ich war stehen geblieben. Als sie schwieg, begann ich wieder zu gehen. Ich war erschöpft vor Verzweiflung und lächelte, mein Herz war hart.

Ach richtig, sagte ich und hielt wieder an. Sie wollten mir doch etwas sagen?

Dieser Spott machte sie meiner müde.

Wollte ich etwas sagen? Ja, aber, ich sagte etwas; haben Sie es nicht gehört? Nein, nichts, nichts habe ich Ihnen mehr zu sagen...

Ihre Stimme zittert seltsam, aber das rührt mich nicht.

24

Am nächsten Morgen steht Edvarda vor meiner Hütte, als ich heraustrete.

Ich hatte im Lauf der Nacht alles überlegt und meinen Beschluß gefaßt. Nein, weshalb sollte ich mich länger von diesem launenhaften Menschenkind verblenden lassen, von einem Fischermädchen, einem unwissenden Kopf; hat nicht ihr Name lang genug in meinem Herzen gesessen und es ausgesogen? Genug davon! Es fiel mir übrigens ein, daß ich ihr vielleicht näher gekommen war, gerade indem ich ihr Gleichgültigkeit zeigte und sie verspottete. Ach, wie hinreißend ich sie verhöhnt hatte; nachdem sie eine Rede von mehreren Minuten gehalten hat, sage ich ruhig: Ach richtig, Sie wollten mir doch etwas sagen ...

Sie stand beim Stein. Sie war äußerst erregt und wollte mir entgegenlaufen, sie breitete schon die Arme aus, blieb aber stehen und rang ihre Hände. Ich griff zur Mütze und grüßte sie schweigend.

Heute ist es ein einziges Ding, das ich von Ihnen will, Glahn, sagte sie eindringlich. Und ich rührte mich nicht, nur um zu hören, was sie sagen würde. Ich habe gehört, daß Sie in der Schmiede waren. Es war eines Abends. Eva war allein zu Hause.

Ich stutzte und antwortete:

Von wem haben Sie diese Nachricht?

Ich spioniere nicht, rief sie; ich hörte es gestern abend, mein Vater erzählte es mir. Als ich gestern abend so durchnäßt heimkam, sagte mein Vater: Du hast heute den Baron verhöhnt. Nein, erwiderte ich. Wo warst du jetzt? fragte er weiter. Ich antwortete: Bei Glahn.

Da erzählte es mein Vater.

Ich bekämpfe meine Verzweiflung und sage:

Eva ist sogar hier gewesen.

Ist sie auch hier gewesen? In der Hütte?

Mehrere Male. Ich habe sie hereingenötigt. Wir haben zusammen gesprochen.

Auch hier!

Pause. Halte dich aufrecht! denke ich und sage:

Da Sie so liebenswürdig sind, sich in meine Sachen einzumischen, will ich nicht zurückstehen. Ich schlug Ihnen gestern den Doktor vor; haben Sie darüber nachgedacht? Der Prinz ist nämlich doch zu unmöglich.

Zorn glüht in ihren Augen auf.

Wissen Sie was, er ist nicht unmöglich! sagte sie heftig. Nein, er ist besser als Sie, er kann sich in einem Haus aufhalten, ohne Tassen und Gläser in Stücke zu schlagen, meine Schuhe haben Frieden vor ihm. Ja, er weiß mit Leuten umzugehen, aber Sie sind lächerlich, ich schäme mich Ihretwegen, mit Ihnen ist es nicht auszuhalten, verstehen Sie das!

Ihre Worte trafen mich tief, ich beugte den Kopf und antwortete:

Sie haben recht damit, daß ich nicht gut mit Menschen verkehren kann. Seien Sie barmherzig; Sie verstehen mich nicht, ich wohne am liebsten im Wald, das ist meine Freude. Hier in meiner Einsamkeit schadet es niemand, daß ich bin, wie ich bin; aber wenn ich mit anderen zusammenkomme, muß ich alle meine Mühe anwenden, um zu sein, wie ich sollte. Ich war zwei Jahre lang so wenig unter Menschen...

Man kann jeden Augenblick das Schlimmste von Ihnen erwarten, fuhr sie fort. Es wird auf die Dauer ermüdend, auf Sie aufzupassen.

Wie unbarmherzig sie das sagte! Ein ungemein bitterer Schmerz durchfährt mich, ich taumle fast zurück vor ihrer Erregung. Edvarda hielt noch nicht ein, sie fügte hinzu:

Sie können vielleicht Eva bekommen, damit sie auf Sie aufpaßt. Es ist nur schade, daß sie verheiratet ist.

Eva. Sagten Sie, daß Eva verheiratet ist?

Ja, verheiratet!

Mit wem ist sie verheiratet?

Das müssen Sie doch wissen. Eva ist mit dem Schmied verheiratet.

Ist sie nicht die Tochter des Schmieds?

Nein, sie ist seine Frau. Glauben Sie, daß ich hier vor Ihnen stehe und lüge?

Ich glaubte gar nichts, mein Erstaunen wurde nur so groß. Ich blieb stehen, wo ich stand, und dachte: Eva ist verheiratet?

Sie haben also eine glückliche Wahl getroffen, sagt Edvarda.

Na, dies wollte kein Ende nehmen! Ich begann vor Erbitterung zu beben, und ich sagte:

Aber nehmen nun Sie den Doktor, wie ich sage. Folgen Sie dem Rat eines Freundes; der Prinz ist ja ein halbalter Narr. – Und ich log über ihn in meiner Erregung, übertrieb sein Alter, sagte, daß er kahlköpfig sei und beinahe vollständig blind; ich behauptete auch, daß er die Krone in den Hemdknöpfen einzig und allein trüge, um sich mit seinem Adel aufzublasen. – Es lag mir übrigens gar nichts daran, ihn kennen zu lernen, sagte ich. Es ist nichts Bestimmtes in ihm, es fehlen ihm die Hauptlinien, er ist nichts.

Doch, er ist etwas, er ist etwas! schrie sie, und ihre Stimme schnappte vor Wut über. Er ist sehr viel mehr,

als du glaubst, du Waldmensch! Aber warte du nur, oh, er wird mit dir sprechen, ich will ihn darum bitten. Du glaubst nicht, daß ich ihn liebe, aber du sollst sehen, daß du dich irrst. Ich werde ihn heiraten, ich werde Tag und Nacht an ihn denken. Erinnere dich daran, daß ich sage: Ich liebe ihn. Laß nur Eva kommen, hoho, Gott im Himmel, laß sie nur kommen, das ist mir so unsäglich gleichgültig. Ja, ich muß sehen, daß ich von hier fortkomme ... Sie begann den Weg hinunter von der Hütte weg zu gehen, sie machte einige kleine eifrige Schritte, wandte sich um, noch leichenblaß im Gesicht und stöhnte: Und komme mir nie mehr unter die Augen.

25

Das Laub wurde gelb, das Kartoffelkraut war hoch gewachsen und stand in Blüte, die Jagdzeit kam wieder, ich schoß Schneehühner, Spielhähne und Hasen, ich schoß eines Tages einen Adler. Stille, hoher Himmel, kühle Nächte, viele klare Klänge und liebe Laute im Wald und über dem Land. Groß und friedlich ruhte die Welt ...

Ich habe von Herrn Mack nichts mehr wegen der zwei Alken gehört, die ich geschossen habe, sagte ich zum Doktor.

Da können Sie Edvarda dafür danken, entgegnete er. Ich weiß es, ich hörte, daß sie dagegen war.

Ich danke ihr nicht, sagte ich ...

Indian summer, Indian summer. Die Steige zogen sich wie Gürtel durch den gilbenden Wald, ein neuer Stern kam mit jedem Tag, den Mond erblickte man

wie einen Schatten, einen Schatten von Gold, in Silber getaucht...

Gott helf dir, du bist ja verheiratet, Eva?

Wußtest du das nicht?

Nein, ich wußte das nicht.

Sie preßte stumm meine Hand.

Gott helf dir, Kind, was sollen wir nun tun?

Was du willst. Du reist vielleicht noch nicht fort, ich will glücklich sein, solange du hier bist!

Nein, Eva.

Doch, doch, nur solange du hier bist!

Sie sieht verlassen aus und preßt die ganze Zeit meine Hand. Nein, Eva, geh! Nie mehr.

Und Nächte vergehen und Tage kommen. Es ist schon der dritte Tag seit dieser Aussprache. Eva kommt mit einer Bürde des Wegs. Wieviel Holz hat doch dieses Kind im Laufe des Sommers vom Walde heimgetragen!

Leg die Bürde nieder, Eva, und laß mich sehen, ob deine Augen noch ebenso blau sind.

Ihre Augen waren rot.

Nein, lächle wieder, Eva! Ich widerstehe dir nicht länger, ich bin dein, ich bin dein...

Abend. Eva singt, ich höre ihren Gesang, und es durchströmt mich heiß.

Du singst heute abend, Eva?

Ja, ich bin froh.

Und da sie kleiner ist als ich, hüpft sie ein wenig, um mir die Arme um den Hals legen zu können.

Aber Eva, du hast deine Hände aufgerissen? Herrgott, daß du doch deine Hände nicht aufgerissen hättest!

Das macht nichts.
Ihr Antlitz strahlt so wunderbar.
Eva, hast du mit Herrn Mack gesprochen?
Einmal.
Was sagte er und was sagtest du?
Er ist sehr hart gegen uns geworden, er läßt meinen Mann Tag und Nacht auf der Brücke arbeiten, mich stellt er auch zu jeder Art Arbeit an. Er hat mir befohlen, Männerarbeit zu tun.
Weshalb tut er das?
Eva sieht nieder.
Weshalb tut er das, Eva?
Weil ich dich liebe.
Aber wieso kann er das wissen?
Ich habe es ihm gesagt.
Pause.
Gott gebe, daß er nicht so streng gegen dich wäre, Eva!
Aber das macht nichts. Nichts macht es nun.
Und ganz wie ein kleines, zitterndes Lied tönt ihre Stimme im Wald.
Und das Laub wird noch gelber, es geht dem Herbst zu, es sind noch mehr Sterne am Himmel hervorgekommen, und der Mond sieht von nun an aus wie ein Schatten von Silber, der in Gold getaucht ist. Es war keine Kälte, nichts, nur eine kühle Stille und ein strömendes Leben im Wald. Jeder Baum stand da und dachte. Die Beeren waren reif.
So kam der zweiundzwanzigste August und mit ihm die drei Eisernen Nächte.

26

Die erste Eiserne Nacht.

Um neun Uhr geht die Sonne unter. Es legt sich eine matte Dunkelheit über die Erde, ein paar Sterne sieht man, zwei Stunden später kommt ein Schimmer vom Mond. Ich wandere mit meiner Büchse und meinem Hund in den Wald, ich mache ein kleines Feuer, und das Licht meiner Flamme fällt zwischen die Kiefernstämme. Es ist kein Frost.

Die erste Eiserne Nacht! sage ich. Und eine verwirrend heftige Freude über die Zeit und den Ort durchschüttelt mich seltsam...

Ein Hoch, Ihr Menschen und Tiere und Vögel, für die einsame Nacht in den Wäldern, den Wäldern! Ein Hoch auf die Dunkelheit und Gottes Murmeln zwischen den Bäumen, auf des Schweigens süßen, einfältigen Wohllaut an meinen Ohren, auf das grüne Laub und das gelbe Laub! Ein Hoch auf den Laut des Lebens, den ich höre, eine schnüffelnde Schnauze im Gras, einen Hund, der über die Erde hinschnuppert. Ein stürmisches Hoch der Wildkatze, die auf die Gurgel sich niederduckt und sichtet und sich zum Sprung auf einen Sperling bereitet, im Dunkel, im Dunkel! Ein Hoch auf die barmherzige Stille auf dem Erdenreich, auf die Sterne und auf den Halbmond, ja auf den und jenen!...

Ich erhebe mich und lausche. Niemand hat mich gehört. Ich setze mich wieder.

Einen Dank für die einsame Nacht, für die Berge, für das Rauschen der Finsternis und des Meeres, es rauscht durch mein Herz! Einen Dank für mein Leben, für meinen Atemzug, für die Gnade, heute nacht leben zu

dürfen, dafür danke ich von Herzen! Lausche nach Osten und lausche nach Westen, nein, lausche! Es ist der ewige Gott! Diese Stille, die gegen mein Ohr murmelt, ist das siedende Blut der Allnatur, Gott, der die Erde und mich durchwebt. Ich sehe einen hellen Spinnenfaden im Scheine meines Feuers, ich höre ein ruderndes Boot auf dem Meer, ein Nordlicht gleitet über den Himmel im Norden. Oh, bei meiner unsterblichen Seele, ich danke auch so sehr, weil ich es bin, der hier sitzt!

Stille. Ein Kiefernzapfen fällt dumpf zur Erde. Ein Kiefernzapfen fiel! dachte ich. Der Mond ist hoch droben, das Feuer flackert über dem halbverbrannten Haufen und will ausgehen. Und in der späten Nacht wandere ich heim.

Die zweite Eiserne Nacht, die gleiche Stille und das milde Wetter. Meine Seele grübelt. Ich gehe mechanisch zu einem Baum hin, ziehe die Mütze tief in die Stirn und lehne mich mit dem Rücken an diesen Baum, die Hände in meinem Nacken gefaltet. Ich starre und denke, die Flamme meines kleinen Feuers blendet meine Augen, und ich fühle es nicht. Ich stehe eine gute Weile in dieser sinnlosen Stellung und sehe ins Feuer. Meine Beine versagen schließlich und werden müde, ganz steif setze ich mich nieder. Erst jetzt denke ich darüber nach, was ich getan habe. Warum doch so lange ins Feuer starren?

Äsop hebt den Kopf und horcht, er hört Schritte, Eva zeigt sich zwischen den Bäumen.

Ich bin so gedankenvoll und betrübt heute abend, sage ich. Und sie erwidert vor Mitgefühl nichts.

Ich liebe drei Dinge, sage ich dann. Ich liebe einen Liebestraum, den ich einmal hatte, ich liebe dich und ich liebe diesen Fleck Erde.

Und was liebst du am meisten?
Den Traum.
Es ist wieder still. Äsop kennt Eva und legt den Kopf auf die Seite und sieht sie an. Ich murmle:
Ich sah heute ein Mädchen auf dem Weg, sie ging Arm in Arm mit ihrem Geliebten. Das Mädchen wies mit den Augen auf mich und konnte sich vor Lachen kaum halten, als ich vorbeikam.
Worüber lachte sie?
Das weiß ich nicht. Sie lachte wohl über mich. Warum fragst du danach?
Kanntest du sie?
Ja, ich grüßte.
Und kannte sie dich nicht?
Nein, sie tat, als ob sie mich nicht kenne... Aber warum sitzt du da und forschest mich aus? Das ist häßlich von dir. Du bringst mich nicht dazu, ihren Namen zu sagen.
Pause.
Ich murmle wieder.
Worüber lachte sie? Sie ist ein loses Geschöpf; aber worüber lachte sie? In Jesu Christi Namen, was habe ich ihr denn getan?
Eva antwortet:
Es war häßlich von ihr, über dich zu lachen.
Nein, es war nicht häßlich von ihr! schreie ich. Du sollst nicht hier sitzen und sie lästern, sie tut nichts Häßliches, es war richtig von ihr, über mich zu lachen. Schweig, zum Satan, und laß mich in Frieden, hörst du!
Und Eva läßt mich verschüchtert in Frieden. Ich sehe sie an und bereue in der gleichen Minute meine harten Worte, ich falle vor ihr nieder und ringe meine Hände.

Geh heim, Eva. Du bist es, die ich am meisten liebe, wie könnte ich einen Traum lieben? Es war nur ein Scherz, du bist es, die ich liebe. Aber gehe nun heim, ich werde morgen zu dir kommen; denke daran, ich bin dein, ja vergiß das nicht. Gutnacht.

Und Eva geht heim.

Die dritte Eiserne Nacht, eine Nacht in äußerster Spannung. Wäre wenigstens etwas Frost gewesen! Statt des Frostes stillstehende Wärme nach der Sonne des Tages; die Nacht war wie ein lauwarmer Morast. Ich machte mein kleines Feuer an ...

Eva, es kann zuweilen von einigem Nutzen sein, an den Haaren gezogen zu werden. So verdreht kann eines Menschen Sinn werden. Man kann das Tal hinunter und den Berg hinauf an den Haaren gezogen werden, und wenn jemand fragt, was da vor sich geht, so kann man ganz verzückt antworten: Ich werde an den Haaren gezogen! Und wenn gefragt wird: Aber soll ich dir nicht helfen, dich zu befreien? so antwortet man: Nein. Und wenn gefragt wird: Aber hältst du es aus? so antwortet man: Ja, ich halte es aus, denn ich liebe die Hand, die mich zieht ... Weißt du, Eva, was es heißt, zu hoffen?

Ja, ich glaube.

Siehst du, Eva, zu hoffen, das ist etwas Seltsames, ja etwas sehr Sonderbares. Man kann eines Morgens einen Weg entlanggehen und hoffen, auf diesem Weg einen Menschen zu treffen, den man lieb hat. Und trifft man diesen Menschen? Nein. Warum nicht? Weil der Mensch an jenem Morgen beschäftigt ist und an ganz anderen Orten ist ... Ich lernte einen alten blinden Lappen in den Bergen kennen. Seit achtundfünfzig Jahren hatte er nichts gesehen und jetzt war er

über siebzig. Es kam ihm vor, als sähe er besser und besser mit der Zeit, als ginge es gleichmäßig vorwärts, so schien es ihm. Käme nichts dazwischen, so würde er in einigen Jahren die Sonne erspähen können. Er hatte noch schwarzes Haar, aber seine Augen waren ganz weiß. Wenn wir in seiner Gamme beisammen saßen und rauchten, erzählte er von all dem, was er gesehen hatte, bevor er blind geworden war. Er war hart und gesund, ohne Gefühl, unverbrauchbar, und seine Hoffnung bewahrte er. Wenn ich fort wollte, ging er mit mir heraus und fing an, in die verschiedenen Richtungen zu deuten. Dort ist Süden, sagte er, und dort ist Norden. Nun gehst du zuerst in dieser Richtung, und wenn du ein Stück weit hinunter ins Gebirge gekommen bist, schwenkst du in jene Richtung ein, sagte er. Ganz richtig, erwiderte ich. Und da lachte der Lappe zufrieden und sagte: Sieh, das wußte ich vor vierzig, fünfzig Jahren nicht, so daß ich jetzt besser sehe als damals, es geht beständig vorwärts. Dann duckte er sich und kroch wieder in die Gamme hinein, die ewige Gamme, seine Heimat auf der Erde. Und er setzte sich wieder vor das Feuer, wie vorher voller Hoffnung, daß er in einigen Jahren gewiß die Sonne erspähen könne... Eva, es ist etwas sehr Merkwürdiges um die Hoffnung. Ich gehe zum Beispiel jetzt umher und hoffe, diesen Menschen zu vergessen, den ich heute morgen nicht auf dem Weg traf.

Du redest so sonderbar.

Es ist die dritte Eisennacht. Ich verspreche dir, Eva, morgen ein anderer Mann zu werden. Laß mich nun allein. Du sollst mich morgen nicht wiedererkennen, ich werde lachen und dich küssen, mein allerschönstes Mädchen. Denk, ich habe nur noch diese Nacht vor

mir, dann werde ich ein anderer Mann, in einigen Stunden bin ich es. Gutnacht, Eva.

Gutnacht.

Ich lege mich näher an mein Feuer und betrachte die Flammen. Ein Tannenzapfen fällt vom Ast, ab und zu fällt auch ein dürrer Zweig herab. Die Nacht ist wie eine grenzenlose Tiefe. Ich schließe die Augen.

Nach einer Stunde beginnen meine Sinne in einem bestimmten Rhythmus zu schwingen, ich klinge mit in dieser großen Stille, klinge mit. Ich sehe nach dem Halbmond, er steht wie eine weiße Muschel am Himmel, und ich habe ein Gefühl von Liebe zu ihm, ich fühle, daß ich erröte. Es ist der Mond, sage ich leise und leidenschaftlich, es ist der Mond! Und mein Herz schlägt ihm in sanftem Klopfen entgegen. Das dauert einige Minuten. Es bläst ein wenig, ein fremder Wind kommt zu mir, ein seltsamer Luftdruck. Was ist das? Ich blicke um mich und sehe niemand. Der Wind ruft mich, und meine Seele beugt sich bejahend dem Ruf entgegen, und ich fühle mich aus meinem Zusammenhang gehoben, an eine unsichtbare Brust gedrückt, meine Augen werden feucht, ich zittere, – Gott steht irgendwo in der Nähe und sieht mich an. Dies dauert wieder einige Minuten. Ich wende den Kopf um, der fremde Luftdruck verschwindet, und mir ist, als sähe ich etwas wie den Rücken eines Geistes, der lautlos durch den Wald wandert ...

Ich kämpfe eine kurze Weile mit einer schweren Betäubung, ich bin erschöpft von Gemütsbewegungen, ich werde so todmüde, und ich schlafe ein.

Als ich erwachte, war die Nacht vorbei. Ach, ich war eine lange Zeit in einem traurigen Zustand umhergegangen, voller Fieber, darauf wartend, durch die

eine oder andere Krankheit umzufallen. Oft drehten sich die Dinge vor mir hin und her, ich sah alles mit entzündeten Augen, eine tiefe Traurigkeit beherrschte mich.

Nun war das vorbei.

27

Es ist Herbst. Der Sommer ist vorbei, er verschwand ebenso rasch, wie er kam; ach, wie rasch er ging. Nun sind die Tage kalt, ich jage, fische und singe Lieder im Wald. Und es gibt Tage mit dickem Nebel, der vom Meer hereinschwebt und alles mit Dunkelheit eindämmt. An einem solchen Tag geschah etwas. Ich verirrte mich auf meinen Wanderungen ganz in die Wälder der Nachbargemeinde und kam bis zum Haus des Doktors. Es waren Fremde da, die jungen Damen, mit denen ich früher zusammengewesen war, tanzende Jugend, rein verrückte Fohlen. Ein Wagen kam angerollt und hielt vor dem Gartenzaun; Edvarda saß im Wagen. Sie stutzte, als sie mich sah. Lebt wohl! sagte ich still. Aber der Doktor hielt mich zurück. Edvarda war am Anfang durch meine Gegenwart bedrückt und schlug die Augen nieder, wenn ich etwas sagte; später ertrug sie mich besser und richtete sogar ein paar kleine Fragen an mich. Sie war auffallend bleich, der Nebel legte sich grau und kalt über ihr Gesicht. Sie stieg nicht aus dem Wagen.

Ich reise im Auftrag, sagte sie lachend. Ich komme von der Hauptkirche, wo keiner von euch zu finden war; man sagte, daß ihr hier wäret. Ich bin stundenlang gefahren, um euch zu finden. Wir haben eine

kleine Gesellschaft morgen abend – der Anlaß ist, daß der Baron nächste Woche abreisen wird –, und mir wurde aufgetragen, euch alle einzuladen. Wir werden auch tanzen. Es ist morgen abend.

Alle miteinander verbeugten sich und dankten.

Zu mir sagte sie überdies:

Bleiben Sie nun nicht aus, seien Sie so gut. Senden Sie nicht im letzten Augenblick ein Billett mit Entschuldigungen. –

Dieses sagte sie zu keinem anderen. Kurz darauf fuhr sie weg.

Ich war so bewegt von dieser unerwarteten Freundlichkeit, daß ich mich einen Augenblick verbarg und mich freute. Darauf nahm ich vom Doktor und seinen Gästen Abschied und begab mich auf den Heimweg.

Wie gnädig sie zu mir war! Wie kann ich es ihr vergelten? Meine Hände wurden matt, eine süße Kälte eilte durch meine Handgelenke. Herrgott, hier gehe ich und schwanke so matt vor Freude, dachte ich, und ich kann die Hände nicht ballen, sondern bekomme Tränen in die Augen vor Hilflosigkeit; was ist da zu machen? Erst spät am Abend kam ich heim. Ich nahm den Weg um die Packhäuser und fragte einen Fischer, ob das Postschiff bis morgen abend käme. Ach nein, das Postschiff sollte nächste Woche einmal kommen. Ich eilte zur Hütte hinauf und machte mich daran, meinen besten Anzug zu untersuchen. Ich putzte ihn und machte ihn fein, es waren Löcher an ein paar Stellen, und ich weinte und stopfte die Löcher.

Als ich fertig war, legte ich mich auf die Pritsche hin. Einen Augenblick währte diese Rast, ein Gedanke kommt mir, ich springe auf und bleibe wie geschlagen mitten auf dem Boden stehen. Das Ganze ist wieder

ein Kniff! flüstere ich. Ich wäre nicht eingeladen worden, wenn ich nicht zufällig dagewesen wäre, als sie die anderen einlud. Mir gab sie noch obendrein den deutlichsten Wink wegzubleiben, ein Billett mit Entschuldigungen zu senden...

Ich schlief die ganze Nacht nicht, und als der Morgen kam, ging ich in den Wald, verfroren, übernächtigt und fiebrig. Hei, nun bereitet man auf Sirilund eine Gesellschaft vor! Und was dann? Ich werde weder dorthin gehen, noch eine Entschuldigung senden. Herr Mack ist ein weitsichtiger Mann, nun veranstaltet er dieses Fest für den Baron, aber ich gehe nicht hin, versteht ihr das?...

Der Nebel lag dick über Tal und Berg, ein feuchtkalter Reif legte sich über meine Kleider und machte sie schwer, mein Gesicht war kalt und naß. Nur hie und da kam ein Windhauch und ließ die schlafenden Nebel steigen und sinken, steigen und sinken.

Es wurde später Nachmittag, es dunkelte, der Nebel verbarg alles vor meinen Augen, und ich hatte keine Sonnenzeichen, mich danach zu richten. Ich irrte stundenlang auf meinem Heimweg umher; aber ich hatte nichts, dem ich nachhasten mußte, ich schlug mit der größten Ruhe die falsche Richtung ein und kam an unbekannte Plätze im Wald. Endlich lehne ich die Büchse an einen Baumstamm und befrage meinen Kompaß. Ich stecke meinen Weg genau aus und beginne zu gehen. Es kann acht oder neun Uhr sein.

Nun geschah etwas.

Nach einer halben Stunde höre ich Musik durch den Nebel, einige Minuten danach kenne ich mich wieder aus, ich stehe dicht beim Hauptgebäude von Sirilund. Hatte mein Kompaß mich falsch und zu dem

Ort gewiesen, dem ich entfliehen wollte? Eine bekannte Stimme ruft mich, es ist die Stimme des Doktors. Kurz danach werde ich hineingeführt.

Ach, mein Büchsenlauf hatte vielleicht den Kompaß beeinflußt und irregeleitet. Das ist mir seitdem noch einmal geschehen, jetzt in diesem Jahr. Ich weiß nicht, was ich glauben soll. Vielleicht war es auch Schicksal.

28

Ich hatte den ganzen Abend das bittere Gefühl, daß ich nicht in diese Gesellschaft hätte kommen sollen. Meine Ankunft wurde fast gar nicht bemerkt, alle waren so miteinander beschäftigt. Edvarda begrüßte mich kaum. Ich begann zu trinken, denn ich begriff, daß ich unwillkommen war, und trotzdem ging ich nicht meines Weges.

Herr Mack lächelte viel und zeigte sein angenehmstes Gesicht, er war im Frack und sah gut aus. Er war bald hier, bald in den Zimmern, mischte sich unter dieses halbe Hundert von Gästen, tanzte hie und da einen Tanz, spaßte und lachte. Es lauerten Geheimnisse in seinen Augen.

Ein Gebraus von Musik und Stimmen tönte durch das ganze Haus. Fünf der Zimmer waren von den Gästen erfüllt, und man tanzte außerdem im großen Saal. Als ich kam, hatte man zu Abend gegessen. Geschäftige Mädchen liefen nun hin und her mit Gläsern und Weinen, Kaffeekannen aus schimmerndem Kupfer, Zigarren, Pfeifen, Kuchen und Früchten. Es wurde an nichts gespart. Die Kronleuchter in den Zimmern waren mit ungewöhnlich dicken Kerzen besteckt, die

für diese Gelegenheit gegossen worden waren, außerdem brannten die neuen Lampen.

Eva half in der Küche, ich sah einen Schimmer von ihr. Denk, daß Eva auch hier war.

Der Baron war Gegenstand vieler Aufmerksamkeit, obwohl er still und bescheiden war und sich nicht vordrängte. Auch er war im Frack, dessen Schöße vom Koffer jämmerlich verkrüppelt waren. Er unterhielt sich wiederholt mit Edvarda, folgte ihr mit den Augen, stieß mit ihr an und nannte sie gnädiges Fräulein, ebenso die Töchter des Propstes und des Distriktsarztes. Ich fühlte einen anhaltenden Unwillen gegen ihn und konnte kaum meinen Blick auf ihn richten, ohne mich mit einer traurigen und dummen Grimasse abzuwenden. Wenn er mit mir sprach, antwortete ich kurz und kniff danach den Mund zusammen.

Ich erinnere mich noch einer Begebenheit an diesem Abend. Ich stand im Gespräch mit einem jungen Mädchen, einer Blondine, als ich etwas sagte oder ihr eine Geschichte erzählte, die sie lachen machte. Es war kaum eine bemerkenswerte Geschichte; aber vielleicht erzählte ich sie in meinem berauschten Zustand lustiger, als ich es jetzt noch weiß, dies ist mir jedenfalls aus dem Gedächtnis gekommen. Genug davon: Als ich mich umwandte, stand Edvarda hinter mir. Sie gab mir einen anerkennenden Blick.

Dann bemerkte ich, daß sie die Blondine mit sich fortzog, um zu erfahren, was ich gesagt hatte. Wie wohl mir Edvardas Blick tat, nachdem ich den ganzen Abend ein wenig verstoßen von Zimmer zu Zimmer gegangen war; mir wurde gleich viel lichter zumute, und ich sprach seitdem mit mehreren und war unter-

haltend. Soweit ich es weiß, machte ich mich keines Fehlers schuldig...

Ich stand draußen auf der Treppe. Eva kam und trug einige Sachen aus einem der Zimmer. Sie sah mich, kam heraus und strich mir schnell über meine Hände, worauf sie lächelte und wieder hineinging. Als ich ihr nachfolgen wollte, stand Edvarda im Gang und sah mich an. Sie sah mich gerade an. Auch sie sagte nichts. Ich ging in den Saal.

Denkt Euch, Leutnant Glahn vergnügt sich damit, mit der Dienerschaft auf der Treppe draußen Zusammenkünfte zu haben, sagte Edvarda plötzlich laut. Sie stand in der Tür. Mehrere hörten, was sie sagte. Sie lachte, als ob sie scherzte, aber ihr Gesicht war sehr bleich.

Ich entgegnete nichts darauf, ich murmelte nur:

Das war zufällig, sie kam nur heraus, wir begegneten uns im Gang...

Es verging eine Weile, vielleicht eine Stunde. Einer Dame wurde ein Glas über das Kleid geschüttet. Sobald Edvarda das sah, rief sie:

Was ist los? Das hat natürlich Glahn getan.

Ich hatte es nicht getan, ich stand auf der anderen Seite des Saales, als das Unglück geschah. Von nun an trank ich wieder ziemlich viel und hielt mich bei der Tür auf, um den Tanzenden aus dem Weg zu sein.

Der Baron vereinigte immer noch die Damen um sich, er bedauerte, daß seine Sammlungen bereits eingepackt seien, so daß er nichts davon vorzeigen könne, jenen Tangbüschel aus dem Weißen Meer, die Lehmproben von den Korholmen, überaus interessante Steinvorkommen vom Grund des Meeres. Die Damen guckten neugierig nach seinen Hemdknöpfen, die

also Baron bedeuteten. Unter diesen Umständen hatte der Doktor kein Glück, selbst sein »Tod und Zweifel« übte keine Wirkung mehr aus. Aber wenn Edvarda redete, war er ständig zur Stelle, verbesserte wiederum ihre Sprache, trieb sie mit kleinen Spitzfindigkeiten in die Enge, hielt sie mit ruhiger Überlegenheit nieder.

Sie sagte:

... bis ich über das Tal des Todes gehe.

Und der Doktor fragte:

Über was?

Das Tal des Todes, heißt es nicht das Tal des Todes?

Ich habe vom Fluß des Todes sprechen hören. Dies meinen Sie gewiß.

Später sprach sie davon, ein Ding bewachen zu lassen, wie von einem ...

Drachen, fiel der Doktor ein.

Jawohl. Wie von einem Drachen, antwortete sie.

Aber der Doktor sagte:

Danken Sie mir nun dafür, daß ich Sie rettete. Ich bin sicher, Sie hätten Argus gesagt.

Der Baron zog die Augenbrauen hoch und gab ihm einen erstaunten Blick durch die dicke Brille. Solche Flausen hatte er vielleicht nie gehört. Aber der Doktor tat nicht dergleichen. Was kümmerte er sich um den Baron!

Ich stand immer noch an der Tür. Die Tanzenden fegten durch den Saal. Es glückte mir, mit der Lehrerin vom Pfarrhof ein Gespräch in Gang zu bringen. Wir sprachen vom Krieg, den Verhältnissen auf der Krim, den Begebenheiten in Frankreich, von Napoleon als Kaiser, seiner Beschützung der Türken; die junge Dame hatte die Zeitungen während des Sommers gelesen und konnte mir Neuigkeiten erzählen.

Wir setzen uns schließlich auf ein Sofa und sprechen weiter.

Edvarda kommt vorbei, sie bleibt vor uns stehen. Plötzlich sagt sie:

Ihr müßt entschuldigen, Herr Leutnant, daß ich Euch auf der Treppe überraschte. Ich werde es nie mehr tun.

Sie lachte auch jetzt und sah mich nicht an.

Jungfer Edvarda, halten Sie nun ein, sagte ich.

Sie redete mich mit Ihr an, das war nicht im Guten geschehen, und ihre Miene war übelwollend. Ich dachte an den Doktor und zuckte überlegen mit der Schulter, wie er es getan haben würde.

Sie sagte:

Aber warum geht Ihr nicht in die Küche hinaus? Eva ist dort. Ich finde, Ihr solltet Euch da draußen aufhalten.

Nach diesem blickte sie mich haßerfüllt an.

Ich war nicht viel auf Gesellschaften gewesen, aber auf den wenigen, die ich mitgemacht hatte, hatte ich niemals einen solchen Ton gehört. Ich sagte:

Sind Sie nicht sehr stark der Gefahr ausgesetzt, mißverstanden zu werden, Jungfer Edvarda?

Nein, wieso das? Doch das kann schon sein; aber wieso das?

Sie reden mitunter so unüberlegt. Jetzt zum Beispiel kam es mir vor, als ob Sie mich förmlich in die Küche hinauswiesen, und das ist natürlich ein Mißverständnis. Ich weiß doch gut, daß Sie nicht unverschämt sein wollten.

Sie geht einige Schritte von uns weg. Ich konnte ihr ansehen, daß sie die ganze Zeit darüber nachdachte, was ich gesagt hatte. Sie wendet sich um und

kommt zurück, sie sagt, und die Worte kommen stoßweise:

Das war durchaus kein Mißverständnis, Herr Leutnant, Ihr hörtet richtig, ich wies Euch in die Küche hinaus.

Nein, aber Edvarda! ruft die erschrockene Lehrerin aus.

Und ich begann wieder vom Krieg zu reden und über die Verhältnisse auf der Krim; aber meine Gedanken waren weit weg. Ich war nicht mehr berauscht, nur ganz betäubt, der Boden glitt unter mir weg, und ich verlor wie schon früher so manches unglückliche Mal das Gleichgewicht. Ich stehe vom Sofa auf und will hinausgehen. Der Doktor hält mich an.

In diesem Augenblick habe ich eine Lobrede auf Sie gehört, sagt er.

Eine Lobrede? Von wem?

Von Edvarda. Sie steht noch dort in der Ecke und sieht Sie glühend an. Ich werde es nie vergessen, ihre Augen sahen ganz verliebt drein, und sie sagte laut, daß sie Sie bewundere.

Das ist gut, erwiderte ich lachend. Ach, es war kein klarer Gedanke in meinem Kopf.

Ich ging zum Baron hin, beugte mich über ihn, als ob ich ihm etwas zuflüstern wolle, und als ich ihm nahe genug gekommen war, spuckte ich ihm ins Ohr. Er fuhr auf und starrte mich wegen meines Betragens idiotisch an. Später sah ich, daß er das Geschehene Edvarda berichtete und daß sie sich grämte. Sie dachte wohl an ihren Schuh, den ich über das Wasser geschleudert hatte, an die Tassen und Gläser, die zu zerbrechen ich ungeschickt genug gewesen war, an alle die anderen Vergehen gegen den guten Ton; all das

lebt sicher von neuem in ihrer Erinnerung auf. Ich schämte mich, es war mit mir vorbei; wohin ich mich wandte, begegnete ich erschrockenen und erstaunten Blicken, und ich stahl mich ohne Abschied, ohne Dank fort von Sirilund.

29

Der Baron soll abreisen; nun wohl! Ich will meine Büchse laden und auf die Berge steigen und einen lauten Schuß abfeuern zu seiner und Edvardas Ehre. Ich will ein tiefes Loch in eine Klippe bohren und einen Felsen sprengen, zu seiner und Edvardas Ehre. Und ein großer Felsblock soll den Berg hinunterrollen und gewaltig ins Meer fahren, wenn sein Schiff vorbeizieht. Ich weiß eine Stelle, eine Rinne im Berg, wo früher schon Steine hinabgerollt sind und einen förmlichen Weg bis zum Meer gemacht haben. Tief unten liegt ein Bootsplatz.

Zwei Minenbohrer! sagte ich zum Schmied.

Und der Schmied schärft zwei Minenbohrer...

Eva war dazu angestellt worden, mit einem von Herrn Macks Pferden zwischen der Mühle und der Ladebrücke hin und her zu fahren. Sie muß die Arbeit eines Knechts tun und Säcke mit Korn und Mehl transportieren. Ich begegne ihr, und sie sieht herrlich aus mit ihrem frischen Gesicht. Guter Gott, wie ihr Lächeln zärtlich glüht. Jeden Abend traf ich sie.

Du siehst aus, als ob du keine Sorgen hättest, Eva, meine Geliebte.

Du nennst mich deine Geliebte! Ich bin ein unwissendes Weib, aber ich will dir treu sein. Ich werde dir

treu sein, und wenn ich dafür sterben muß. Herr Mack wird strenger und strenger mit jedem Tag, aber ich beachte es nicht; er tobt, aber ich antworte ihm nicht. Er packte mich am Arm und wurde grau vor Wut. Ich habe nur eine Sorge.

Und was ist das für eine Sorge?

Herr Mack bedroht dich. Er sagt zu mir: Aha, dir steckt der Leutnant im Kopf! Ich entgegne: Ja, ich gehöre ihm an. Da sagt er: Ja, warte du nur, den werde ich wohl weiterbringen! Er sagte das gestern.

Das bedeutet nichts; laß ihn drohen... Eva, darf ich sehen, ob deine Füße noch so klein-winzig sind? Schließ die Augen und laß mich sehen!

Und sie fällt mir mit geschlossenen Augen um den Hals. Ein Zittern geht durch sie. Ich trage sie in den Wald hinein. Das Pferd steht und wartet.

30

Ich sitze auf dem Berg und bohre. Es ist eine kristallklare Herbstluft um mich. Die Schläge auf meinen Bohrer klingen gleichmäßig und taktfest, Äsop sieht mich mit erstaunten Augen an. Ein Strom von Zufriedenheit zieht hie und da durch meine Brust; niemand weiß, daß ich hier auf dem öden Felsen bin.

Nun sind die Zugvögel fort; glückliche Reise und willkommen wieder zurück! Meisen und Kohlmeisen, ab und zu ein Graukehlchen, leben allein in Geröll und niederem Gestrüpp; pieppiep! Alles ist so seltsam verändert, die Zwergbirke blutet rot vor den grauen Steinen, hier eine Glockenblume, und dort erhebt sich eine Hornisse aus dem Heidekraut und wiegt sich und

summt leise einen Gesang; still. Über allem aber schwebt mit ausgestrecktem Hals ein spähender Fischadler über die Berge dahin.

Und der Abend kommt, ich lege meine Bohrer und meinen Meißel unter einen Stein und halte Rast. Alles schlummert, der Mond gleitet im Norden herauf, die Berge werfen gigantische Schatten. Es ist Vollmond, er sieht aus wie eine glühende Insel, er sieht aus wie ein rundes Rätsel aus Messing, um das ich herumgehe und über das ich mich wundere. Äsop steht auf und ist unruhig.

Was willst du, Äsop? Was mich betrifft, bin ich müde von meinem Kummer, ich will ihn vergessen, ich will ihn ertränken. Ich befehle dir, ruhig zu liegen, Äsop, ich will keine Unruhe haben. Eva fragt: Denkst du manchmal an mich? Ich antworte: Immer an dich. Eva fragt wieder: Und macht es dir Freude, an mich zu denken? Ich antworte: Nur Freude, niemals etwas anderes als Freude. Dann sagt Eva: Dein Haar wird grau. Und ich entgegne: Ja, es beginnt grau zu werden. Doch Eva fragt: Es wird grau von etwas, an das du denkst? Und hierzu antworte ich: Vielleicht. Schließlich sagt Eva: So denkst du nicht nur an mich... Äsop, sei still, ich will dir lieber etwas anderes erzählen...

Aber Äsop steht und schnuppert zum Tal hinunter, er winselt und zieht mich an den Kleidern. Als ich endlich aufstehe und ihm nachfolge, kann er nicht schnell genug vom Fleck kommen. Eine Röte steht über dem Wald am Himmel, ich gehe schneller, es zeigt sich ein Feuer vor meinen Augen, eine ungeheure Flamme. Ich halte an und stiere, gehe einige Schritte und stiere – meine Hütte steht in Brand.

31

Der Brand – das war Herrn Macks Werk, dies durchschaute ich vom ersten Augenblick an. Ich verlor meine Tierfelle und meine Vogelschwingen, ich verlor meinen ausgestopften Adler; alles verbrannte. Was jetzt? Ich lag zwei Nächte unter offenem Himmel, ohne nach Sirilund zu gehen und um Obdach zu bitten, zuletzt mietete ich eine verlassene Fischerhütte bei den Packhäusern und dichtete sie mit trockenem Moos. Ich schlief auf einer Fuhre roten Roßbeerenkrauts vom Gebirge. Ich war wieder geborgen.

Edvarda sandte einen Boten und ließ sagen, daß sie von meinem Unglück gehört habe, und bot mir nun im Namen ihres Vaters ein Zimmer auf Sirilund an. Edvarda gerührt? Edvarda edelmütig? Ich sandte keine Antwort. Gott sei Dank, ich war nicht mehr ohne Obdach, und es bereitete mir eine stolze Freude, auf Edvardas Angebot zu schweigen. Ich begegnete ihr und dem Baron auf dem Weg, sie gingen Arm in Arm, ich sah ihnen beiden ins Gesicht und grüßte im Vorbeigehen. Sie hielt an und fragte:

Sie wollen nicht bei uns wohnen, Herr Leutnant?

Ich habe bereits meine neue Wohnung fertig, erwiderte ich, und auch ich blieb stehen.

Sie sah mich an, ihre Brust ging stark.

Sie hätten doch auch bei uns nicht zuviel Belästigung gehabt, sagte sie.

Es rührte sich ein Dank in meinem Herzen, aber ich war nicht imstande, etwas zu sagen.

Der Baron ging langsam weiter.

Sie wollen mich vielleicht nie mehr sehen, jetzt? fragte sie.

Ich danke Ihnen, Jungfer Edvarda, weil Sie mir Obdach anboten, als meine Hütte abbrannte, sagte ich. Das war um so viel edler, als es wohl kaum mit Ihres Vaters Willen geschah. –

Und ich dankte ihr mit entblößtem Kopf für ihr Anerbieten.

Mein Gott, wollen Sie mich nie mehr sehen, Glahn? sagte sie plötzlich.

Der Baron rief.

Der Baron ruft, sagte ich und zog abermals die Mütze tief ab.

Und ich wanderte den Berg hinauf zu meiner Mine. Nichts, nichts sollte mich mehr aus der Fassung bringen. Ich traf Eva. Da kannst du sehen! rief ich. Herr Mack kann mich nicht vertreiben. Er hat meine Hütte verbrannt, und ich habe schon eine andere Hütte ... Sie trug eine Bürste und eine Teerbüchse. Was nun, Eva?

Herr Mack hatte an dem Bootsplatz unter dem Felsen ein Boot kieloben aufstellen lassen und ihr befohlen, es zu teeren. Er bewachte alle ihre Schritte, sie mußte gehorchen.

Aber warum gerade am Bootsplatz? Warum nicht bei der Ladebrücke?

Herr Mack hatte es so befohlen ...

Eva, Eva, Geliebte, du bist zum Sklaven geworden und du klagst nicht. Sieh, nun lächelst du wieder, und das Leben braust durch dein Lächeln, obwohl du ein Sklave bist.

Als ich zu meiner Mine kam, erlebte ich eine Überraschung. Ich sah, daß Leute hiergewesen waren, und ich untersuchte die Spuren im Staub und Sand und erkannte die Abdrücke von Herrn Macks langen, spit-

zen Schuhen. Wozu geht er hierher und wonach schnüffelt er? dachte ich und sah mich um. Niemand war zu sehen. Kein Argwohn erwachte in mir.

Und ich setzte mich hin und machte mich daran, auf meinen Bohrer zu schlagen, ohne zu ahnen, welchen Wahnsinn ich beging.

32

Das Postschiff kam, es brachte mir die Uniform, es sollte den Baron und alle seine Kisten mit Muscheln und Tangarten an Bord nehmen. Nun lud es Tonnen mit Hering und Tran bei der Brücke, gegen Abend sollte es fahren.

Ich nehme meine Büchse und lade eine Menge Pulver in ihre beiden Läufe. Als ich das getan habe, nicke ich vor mich hin. Ich gehe in die Berge und fülle auch meine Mine mit Pulver; ich nicke abermals. Nun ist alles vorbereitet. Ich lege mich hin, um zu warten.

Ich warte stundenlang. Ich höre die ganze Zeit das Gangspill des Dampfers an der Brücke auf- und niederrasseln. Es fängt schon an zu dämmern. Endlich tönt die Pfeife, die Last ist eingenommen, das Schiff geht ab. Jetzt habe ich noch einige Minuten zu warten. Der Mond ist noch nicht aufgegangen, und ich starre wie ein Geisteskranker durch den dämmernden Abend.

Als die vorderste Spitze des Bugs um den Holm herumkommt, zünde ich meine Lunte an und ziehe mich rasch zurück. Es vergeht eine Minute. Plötzlich ertönt ein Krach, eine Wolke von Steinsplittern steigt auf, der Berg erbebt und der Felsen rollt dröhnend in

den Abgrund. Es hallt von allen Bergen ringsum wider. Ich nehme meine Flinte und feuere den einen Lauf ab; das Echo antwortet viel-, vielfach. Nach einem Augenblick schieße ich auch den anderen Lauf ab; die Luft bebt von meinem Salut, und das Echo wirft den Lärm hinaus in die weite Welt; es ist, als hätten sich alle Berge zusammengetan, um dem fortziehenden Schiff nachzurufen. Es vergeht eine kurze Weile, die Luft beruhigt sich, das Echo ruht in allen Bergen, und wieder liegt die Erde schweigend. Das Schiff verschwindet in der Dämmerung.

Ich zittere noch von einer seltsamen Spannung, ich nehme meine Bohrer und meine Büchse unter den Arm und begebe mich mit schlappen Knien den Berg hinunter. Ich nehme den kürzesten Weg, den Blick auf die rauchende Spur haltend, die mein Felssturz hinterlassen hatte. Äsop geht und schüttelt die ganze Zeit den Kopf und niest wegen des brandigen Geruches.

Als ich zum Bootsplatz kam, traf mich ein Anblick, der mich in die gewaltsamste Gemütszerrüttung versetzte: ein Boot lag da, zertrümmert von dem herabgestürzten Felsblock, und Eva, Eva lag daneben, zermalmt, zerschmettert, von einem Schlag zersprengt, an der Seite und über den Leib hinunter bis zur Unkenntlichkeit aufgerissen. Eva war auf der Stelle tot gewesen.

33

Was habe ich noch zu schreiben? Ich löste viele Tage lang keinen Schuß mehr, ich hatte nichts zu essen, und ich aß auch nichts, ich saß in meinem Schuppen. Eva

wurde in Herrn Macks weißgemaltem Hausboot zur Kirche gebracht, ich nahm den Landweg und kam zum Grabe hin...

Eva ist tot. Entsinnst du dich ihres kleinen Mädchenkopfes und des Haares wie das einer Nonne? Sie kam so still, legte ihre Bürde hin und lächelte. Und sahst du, wie dieses Lächeln von Leben brauste? Schweig still, Äsop, ich erinnere mich einer seltsamen Sage – aus Iselins Zeit, als Stamer Priester war:

Ein Mädchen saß in einem gemauerten Turm gefangen. Sie liebte einen Herrn. Warum? Frag den Wind und die Sterne, frag den Gott des Lebens. Denn kein anderer weiß solches. Und der Herr war ihr Freund und Geliebter; aber die Zeit ging, und eines Wochentages sah er eine andere, und es wandelte sich sein Sinn.

Wie ein Jüngling hatte er sein Mädchen geliebt. Er nannte sie oft Gottes Segen und seine Taube; ihr Schoß war heiß und wogend. Er sagte: Gib mir dein Herz! Und sie tat es. Er sagte: Darf ich dich um etwas bitten, Geliebte? Und sie antwortete berauscht: Ja. Sie gab ihm alles, und er dankte es ihr doch nicht.

Die andere liebte er wie ein Sklave, wie ein Verrückter und wie ein Bettler. Warum? Frag den Staub auf dem Weg und das Laub, das fällt, frag des Lebens rätselvollen Gott; denn kein anderer weiß solches. Sie gab ihm nichts, nein nichts gab sie ihm, und er dankte ihr doch. Sie sagte: Gib mir deinen Frieden und deinen Verstand! Und er trauerte nur darüber, daß sie nicht um sein Leben bat.

Und sein Mädchen wurde in den Turm gesetzt...

Was tust du, Mädchen, du sitzest und lächelst?

Ich denke an die Zeit vor zehn Jahren. Da traf ich ihn.

Du erinnerst dich seiner noch?
Ich erinnere mich seiner noch.
Und die Zeit geht...
Was machst du, Mädchen? Und weshalb sitzest du und lächelst?
Ich nähe seinen Namen in ein Tuch.
Wessen Namen? Dessen, der dich einschloß?
Ja, den ich vor zwanzig Jahren traf.
Du erinnerst dich seiner noch?
Ich erinnere mich seiner wie früher.
Und die Zeit geht...
Was machst du, Gefangene?
Ich werde alt und sehe nicht mehr zum Nähen, ich kratze den Kalk von der Mauer. Aus dem Kalk knete ich einen Krug, als eine kleine Gabe für ihn.
Von wem sprichst du?
Von meinem Geliebten, von ihm, der mich in den Turm einschloß.
Darüber lächelst du, daß er dich einschloß?
Ich denke daran, was er jetzt sagen wird. Sieh, sieh, wird er sagen, mein Mädchen hat mir einen kleinen Krug gesandt, sie hat mich in dreißig Jahren nicht vergessen. Und die Zeit geht...
Wie, Gefangene, du sitzest und tust nichts und du lächelst?
Ich werde alt, ich werde alt, meine Augen sind blind, ich denke nur.
An ihn, den du vor vierzig Jahren trafst?
An ihn, den ich traf, als ich jung war. Es ist vielleicht vierzig Jahre her.
Aber weißt du denn nicht, daß er tot ist? Du erbleichst, Alte, du antwortest nicht, dein Mund ist weiß, du atmest nicht mehr...

Sieh, so war die seltsame Sage von dem Mädchen im Turm. Warte noch, Äsop, ich vergaß etwas: Sie hörte eines Tages die Stimme ihres Geliebten im Hof, und sie fiel auf die Knie und errötete. Da war sie vierzig Jahre... Ich begrabe dich, Eva, und küsse in Demut den Sand auf deinem Grab. Eine schwere, rosenrote Erinnerung gleitet durch mein Inneres, wenn ich an dich denke, ich werde wie von Segen übergossen, wenn ich an dein Lächeln denke. Du gabst alles, alles gabst du, und es kostete dich keine Überwindung, denn du warst des eigensten Lebens berauschtes Kind. Aber andere, die geizig sogar ihre Blicke sparen, dürfen alle meine Gedanken haben. Warum? Frag die zwölf Monate und die Schiffe auf dem Meer, frag des Herzens rätselvollen Gott...

34

Ein Mann sagte:

Sie schießen nicht mehr? Äsop läuft frei im Wald, er jagt einen Hasen.

Ich sagte:

Geh und schieß ihn für mich.

Einige Tage vergingen. Herr Mack suchte mich auf, er sah hohläugig aus, sein Gesicht war grau. Ich dachte:

Ist es so, daß ich Menschen durchschauen kann, oder ist es nicht so? Ich weiß es selbst nicht.

Herr Mack sprach von dem Felssturz, von der Katastrophe. Es sei ein Unglück, ein trauriger Zufall, ich hätte keine Schuld daran.

Ich sagte:

Wenn es einen gab, der um jeden Preis Eva und mich trennen wollte, so hat er es erreicht. Gott verfluche ihn! Herr Mack schielte mich argwöhnisch an. Er murmelte etwas von dem schönen Begräbnis. Es sei an nichts gespart worden.

Ich saß da und bewunderte seine große Geschmeidigkeit. Er wollte keinen Schadenersatz für das Boot haben, das mein Felssturz zertrümmert hatte.

Aber, sagte ich, wollen Sie sich wirklich nichts für das Boot, die Teerbüchse, die Bürste bezahlen lassen?

Nein, bester Herr Leutnant, antwortete er, wie können Sie das denken! – Und er sah mich mit haßerfüllten Augen an.

Drei Wochen lang sah ich Edvarda nicht. Doch, ein einziges Mal, ich traf sie im Kramladen, wohin ich gegangen war, um Brot zu kaufen, sie stand hinter dem Ladentisch und wühlte in verschiedenen Stoffen. Nur die zwei Gehilfen waren außer ihr anwesend.

Ich grüßte laut und sie sah auf, erwiderte aber nichts. Es fiel mir ein, daß ich in ihrem Beisein nicht um Brot bitten wollte, ich wandte mich an die Gehilfen und verlangte Schrot und Pulver. Während dies abgewogen wurde, behielt ich sie im Auge.

Ein graues und allzu knappes Kleid, dessen Knopflöcher abgenützt waren; die flache Brust arbeitete stark. Wie sie während des Sommers gewachsen war! Ihre Stirne dachte, diese aparten, gebogenen Augenbrauen standen wie zwei Rätsel in ihrem Antlitz, alle ihre Bewegungen waren reifer geworden. Ich sah ihre Hände an, der Ausdruck in den langen, feinen Fingern wirkte gewaltsam auf mich und ließ mich erzittern. Sie wühlte immer noch in den Stoffen.

Ich stand da und wünschte, daß Äsop zu ihr hinter den Tisch laufen und sie wiedererkennen möchte, dann würde ich ihn augenblicklich zu mir rufen und um Entschuldigung bitten; was würde sie da antworten?

Bitte sehr! sagte der Gehilfe.

Ich bezahlte, nahm meine Pakete und grüßte wieder. Sie sah auf, erwiderte jedoch auch jetzt den Gruß nicht. Es ist gut! dachte ich; sie ist vielleicht schon die Braut des Barons. Und ich ging ohne Brot fort.

Als ich hinausgekommen war, warf ich einen Blick zum Fenster hinauf. Niemand sah mir nach.

35

Dann kam eines Nachts der Schnee, und es begann in meiner Hütte kühl zu werden. Es war eine Feuerstätte da, auf der ich mein Essen kochte, aber das Holz brannte schlecht, und es zog stark von den Wänden herein, obwohl ich sie, so gut ich konnte, abgedichtet hatte. Der Herbst war vorbei und die Tage wurden kurz. Der erste Schnee schmolz noch durch die Sonne weg, und wieder lag das Land frei; aber die Nächte waren kalt und das Wasser gefror. Und alle Gräser und alle Insekten starben.

Eine geheimnisvolle Stille legte sich über die Menschen, sie grübelten und schwiegen, ihre Augen erwarteten den Winter. Kein Ruf erklang mehr vom Trockenplatz her, und der Hafen lag ruhig, alles ging der ewigen Nordlichtnacht entgegen, in der die Sonne im Meer schläft. Dumpf, dumpf klangen die Ruderschläge eines einsamen Bootes. Ein Mädchen kam gerudert.

Wo bist du gewesen, mein Mädchen?

Nirgends.

Nirgends? Hörst du, ich erkenne dich wieder, ich traf dich im Sommer.

Sie legte an, stieg an Land und belegte das Boot.

Du warst Hütemädchen, du stricktest an einem Strumpf, ich traf dich eines Nachts.

Eine kleine Röte steigt in ihre Wangen, und sie lacht verlegen.

Mein kleines Bergmädchen, komm in die Hütte herein, laß mich dich ansehen. Du heißt übrigens Henriette.

Aber sie geht schweigend an mir vorbei. Der Herbst, der Winter hatte sie ergriffen, schon schliefen ihre Sinne.

Schon war die Sonne ins Meer gegangen.

36

Und ich zog zum ersten Mal meine Uniform an und ging hinunter nach Sirilund. Mein Herz klopfte.

Ich erinnerte mich an alles, vom ersten Tag an, als Edvarda zu mir her eilte und mich in aller Gegenwart umarmte; nun hatte sie mich viele Monate lang hierhin und dorthin geworfen und hatte mein Haar ergrauen lassen. Meine eigene Schuld? Ja, mein Stern hatte mich irregeführt. Ich dachte: Wie sie sich ergötzen wird, wenn ich mich vor sie hinwerfe und ihr heute meines Herzens Geheimnis sage! Sie wird mir einen Stuhl anbieten und Wein hereinbringen lassen, und eben indem sie das Glas zum Munde führt, um mit mir zu trinken, wird sie sagen: Herr Leutnant, ich danke Ihnen für die

Zeit, die wir zusammen waren, ich werde sie nie vergessen! Aber wenn ich dann froh werde und ein wenig Hoffnung schöpfe, wird sie tun, als ob sie trinke, und wird das Glas unberührt hinsetzen. Und sie wird es nicht vor mir verbergen, daß sie nur tut, als ob sie trinke, sie wird mir gerade dies zeigen wollen. So ist sie.

Gut, nun schlägt bald die letzte Stunde!

Und während ich den Weg hinunterging, dachte ich weiter: Meine Uniform wird Eindruck auf sie machen, die Tressen sind neu und hübsch. Der Säbel wird auf dem Boden klirren. Eine nervöse Freude durchrieselte mich, und ich flüsterte zu mir selbst: Wer weiß, was noch geschehen kann! Ich hob den Kopf und schlug mit der Hand aus. Keine Demut mehr, Ehre im Leib! Es war mir gleichgültig, wie es auch ging, ich wollte keine Annäherung mehr machen. Verzeihen Sie, daß ich nicht um Sie freie, Schönjungfrau...

Herr Mack begegnete mir draußen auf dem Hofplatz, noch hohläugiger, noch grauer.

Reisen? Nein wirklich. Sie haben es in der letzten Zeit ja auch nicht sehr gemütlich gehabt, was? Ihre Hütte brannte ab. – Und Herr Mack lächelte.

Es war plötzlich, als sähe ich den klügsten Mann der Welt vor mir.

Gehen Sie hinein, Herr Leutnant, Edvarda ist drinnen. Ja, leben Sie wohl. Wir treffen uns im übrigen wohl noch auf der Brücke, wenn das Schiff geht. – Er entfernte sich mit hängendem Kopf, nachdenklich pfeifend.

Edvarda saß in der Stube, sie las. Als ich eintrat, stutzte sie einen Augenblick über meine Uniform, sie sah mich wie ein Vogel von der Seite an und wurde sogar rot. Sie öffnete den Mund.

Ich komme, um Lebewohl zu sagen, brachte ich endlich hervor.

Sie erhob sich mit einemmal, und ich sah, daß meine Worte einige Wirkung auf sie hatten.

Glahn, wollen Sie reisen? Jetzt?

Sobald das Schiff kommt. – Ich erfasse ihre Hand, ihre beiden Hände, eine unsinnige Verzückung bemächtigt sich meiner, ich rufe aus: Edvarda! und starre sie an.

Und in demselben Augenblick ist sie kalt, kalt und trotzig. Alles in ihr widerstand mir, sie richtete sich auf. Ich war wie ein Bettler vor ihr, ich gab ihre Hände frei und ließ sie gehen. Ich entsinne mich, daß ich von diesem Augenblick an dastand und mechanisch wiederholte: Edvarda! Edvarda! mehrere Male, ohne darüber nachzudenken, und als sie fragte: Ja? Was wollten Sie sagen? erklärte ich ihr nichts.

Sie wollen also wirklich schon abreisen! wiederholte sie. Wer wird nun nächstes Jahr kommen?

Ein anderer, erwiderte ich. Die Hütte wird wohl wieder aufgebaut.

Pause.

Sie griff bereits nach einem Buch.

Es tut mir leid, daß mein Vater nicht da ist, sagte sie. Aber ich werde ihn von Ihnen grüßen.

Dies beantwortete ich nicht. Ich trat vor, nahm noch einmal ihre Hand und sagte:

Ja, leben Sie wohl, Edvarda.

Leben Sie wohl, erwiderte sie.

Ich öffnete die Tür und tat, als ob ich ginge. Schon saß sie mit dem Buch in der Hand, und sie las, las wirklich und blätterte um. Keinen, keinen Eindruck hatte mein Abschied auf sie gemacht.

Ich hustete.

Sie wandte sich um und sagte überrascht:

Sie sind noch nicht fort? Ich glaubte, Sie wären gegangen. Gott allein weiß es, aber ihre Überraschung war zu groß, sie nahm sich nicht in acht, sondern übertrieb ihr Erstaunen, und mir kam der Gedanke, daß sie die ganze Zeit gewußt hatte, daß ich hinter ihr stand.

Nun werde ich gehen, sagte ich.

Da erhob sie sich und kam her zu mir.

Ich möchte gerne ein Andenken an Sie haben, wenn Sie jetzt reisen, sagte sie. Ich dachte daran, Sie um etwas zu bitten, aber es ist wohl zu viel. Wollen Sie mir Äsop geben?

Ich besann mich nicht, sondern antwortete: Ja.

Dann kommen Sie vielleicht morgen mit ihm her, sagte sie. Ich ging.

Ich sah zum Fenster hinauf. Niemand dort.

Nun war alles vorbei ...

Die letzte Nacht in der Hütte. Ich grübelte, ich zählte die Stunden; als der Morgen kam, bereitete ich meine letzte Mahlzeit. Es war ein kalter Tag.

Weshalb bat sie mich, den Hund selbst zu ihr zu bringen? Wollte sie mit mir sprechen, mir zum letzten Mal etwas sagen? Ich hatte nichts mehr zu erwarten. Und wie würde sie Äsop behandeln? Äsop, Äsop, sie wird dich quälen. Um meinetwillen wird sie dich peitschen, vielleicht auch dir schmeicheln, aber auf jeden Fall zur Zeit und Unzeit dich peitschen und dich vollkommen verderben ... Ich rief Äsop zu mir, tätschelte ihn, legte unsere Köpfe zusammen und langte nach der Büchse. Er begann schon zu winseln vor Freude und glaubte, wir würden auf die Jagd gehen. Ich legte

wieder unsere Köpfe aneinander, setzte die Laufmündung gegen Äsops Nacken und drückte ab.

Ich mietete einen Mann, um Äsops Leiche Edvarda überbringen zu lassen.

37

Im Laufe des Nachmittags sollte das Postschiff gehen.

Ich begab mich zur Ladebrücke hinunter. Meine Sachen waren bereits an Bord. Herr Mack drückte meine Hand und munterte mich auf, indem er das gute Wetter pries, ein angenehmes Wetter, er hätte selbst nichts dagegen, bei solchem Wetter eine Reise zu machen. Der Doktor kam, Edvarda begleitete ihn; ich fühlte, daß meine Knie zu zittern begannen.

Wir wollten doch sehen, ob Sie gut an Bord gekommen sind, sagte der Doktor. Und ich dankte.

Edvarda sah mir geradeaus ins Gesicht und sagte:

Ich muß Euch für Euren Hund danken. Sie kniff ihren Mund zusammen, die Lippen waren weiß.

Wieder hatte sie mich Euch genannt.

Wann geht das Schiff? fragte der Doktor einen Mann.

In einer halben Stunde.

Ich sagte nichts.

Edvarda wandte sich aufgeregt hierhin und dorthin.

Doktor, wollen wir nicht wieder heimgehen? fragte sie. Ich habe das getan, was meine Aufgabe war.

Sie haben Ihre Aufgabe erledigt, sagte der Doktor.

Sie lachte gedemütigt über seine ewigen Zurechtweisungen und entgegnete:

Ja, war es nicht ungefähr das, was ich sagte?

Nein, antwortete er kurz und bündig.

Ich sah ihn an. Der kleine Mann stand da, kalt und fest; er hatte sich einen Plan zurechtgelegt und verfolgte ihn bis zum letzten. Und wenn er trotzdem verlor? Dann würde er es doch nicht zeigen, sein Gesicht verzog sich niemals.

Es dämmerte.

Ja, leben Sie wohl, sagte ich. Und Dank für jeden Tag. Edvarda sah mich stumm an. Dann drehte sie den Kopf und blieb stehen und sah zum Schiff hinaus.

Ich ging in das Boot. Noch stand Edvarda auf dem Kai. Als ich an Bord gekommen war, rief der Doktor Lebwohl. Ich sah zum Land hinüber, Edvarda wandte sich im selben Augenblick ab und ging vom Kai weg, heimwärts, hastig und den Doktor weit hinter sich lassend. Das war das Letzte, was ich von ihr sah.

Eine Welle der Wehmut glitt durch mein Herz.

Der Dampfer begann zu fahren; ich sah noch Herrn Macks Schild: Niederlage von Salz und leeren Tonnen. Aber bald wurde es verwischt. Der Mond und die Sterne kamen hervor, die Berge erhoben sich rings umher, und ich sah die endlosen Wälder. Dort steht die Mühle, dort, dort lag meine Hütte, die abbrannte; der hohe, graue Stein steht einsam auf dem Brandplatz. Iselin, Eva...

Die Nordlichtnacht breitet sich über Berg und Tal.

38

Ich habe dies geschrieben, um die Zeit zu verkürzen. Es machte mir Vergnügen, an den Sommer im Nordland zurückzudenken, wo ich viele Male die Stunden

gezählt habe, die Zeit trotzdem aber flog. Alles ist verändert, die Tage wollen nicht mehr vergehen.

Ich habe oft noch lustige Stunden, aber die Zeit steht still, und ich begreife nicht, daß sie so still stehen kann. Ich bin verabschiedeter Militär und frei wie ein Fürst, alles ist gut, ich treffe Menschen, fahre im Wagen, hin und wieder schließe ich das eine Auge und schreibe mit dem Zeigefinger in den Himmel hinein, ich kitzle den Mond unter dem Kinn und mir scheint, daß er lacht, laut lacht vor närrischer Freude darüber, daß er unterm Kinn gekitzelt wird. Alles lächelt. Ich lasse einen Pfropfen knallen und rufe frohe Menschen herbei.

Was Edvarda betrifft, so denke ich nicht an sie. Warum sollte ich sie in dieser langen Zeit nicht ganz vergessen haben? Ich habe Ehre im Leib. Und fragt mich einer, ob ich irgendwelche Sorgen habe, so antworte ich bums: Nein, ich habe keine Sorgen.

Cora liegt da und sieht mich an. Früher war es Äsop, aber nun liegt Cora da und sieht mich an. Die Uhr tickt auf dem Kamin, vor meinen offenen Fenstern braust der Lärm der Stadt. Es klopft an die Tür, und der Postbote gibt mir einen Brief Auf dem Brief ist eine Krone. Ich weiß, von wem er ist, ich erfasse es sofort, oder ich habe es vielleicht in einer schlaflosen Nacht geträumt. Aber in dem Brief ist nichts geschrieben, es liegen nur zwei grüne Vogelfedern darin.

Ein eisiger Schrecken durchzieht mich, ich werde kalt. Zwei grüne Vogelfedern! sage ich zu mir selbst. Na, was ist dabei zu tun? Aber weshalb werde ich kalt? Sieh, es kommt ein verfluchter Zug von den Fenstern dort her.

Und ich schließe die Fenster.

Da liegen nun zwei Vogelfedern! denke ich weiter, mir ist, als sollte ich sie kennen, sie erinnern mich an einen kleinen Scherz oben im Nordland, so ein kleines Erlebnis unter vielen Erlebnissen; es ist vergnüglich; diese zwei Federn wiederzusehen. Und mir ist plötzlich, als sähe ich ein Gesicht und hörte eine Stimme, und die Stimme sagt: Bitte sehr, Herr Leutnant, hier sind Eure Vogelfedern!

Eure Vogelfedern...

Cora, du sollst still liegen, hörst du, ich schlag dich tot, wenn du dich rührst! Das Wetter ist warm, es ist eine unerträgliche Hitze; was dachte ich eigentlich, als ich die Fenster schloß! Auf mit den Fenstern, auf mit der ganzen Tür, hierher, Ihr frohen Menschen, kommt herein! Hei Dienstmann, machen Sie einen Gang für mich, rufen Sie viele Leute...

Und der Tag geht, doch die Zeit steht still.

Nun habe ich dieses nur um meines Vergnügens willen geschrieben und mich belustigt, so gut ich konnte. Keine Sorge drückt mich, ich sehne mich nur fort, wohin, weiß ich nicht, aber weit fort, vielleicht nach Afrika, nach Indien. Denn ich gehöre den Wäldern und der Einsamkeit an.

Glahns Tod
Ein Papier aus dem Jahre 1861

I

Die Familie Glahn mag noch lange durch Zeitungsaufrufe nach dem verschwundenen Leutnant Thomas Glahn forschen; er kommt doch nie mehr zurück. Er ist tot, und ich weiß sogar, wie er gestorben ist.

Wenn ich es schließlich sagen soll, so wundert es mich auch nicht, daß seine Familie ständig mit ihren Nachforschungen fortfährt; denn Thomas Glahn war in vieler Beziehung ein ungewöhnlicher und beliebter Mann. Ich räume dies ein, um Gerechtigkeit zu zeigen, und ungeachtet dessen, daß Glahn noch meiner Seele feindlich ist und die Erinnerung an ihn meinen Haß erweckt. Er sah prächtig aus, war voller Jugend und hatte ein verführerisches Wesen. Wenn er einen mit seinem heißen Tierblick ansah, fühlte man gut seine Macht, sogar ich fühlte sie. Eine Dame soll gesagt haben: Wenn er mich ansieht, bin ich hilflos; ich fühle eine innere Erregung dabei, als ob er mich anrühre. Aber Thomas Glahn hatte seine Fehler, und ich habe nicht im Sinn, sie zu verbergen, da ich ihn hasse. Er konnte zuzeiten so albern sein wie ein Kind, so gutmütig war er, und vielleicht kam es daher, daß er die Frauenzimmer so betörte, Gott weiß es. Er konnte mit den Frauen schwatzen und über ihren nichtssagenden Unsinn lachen, deshalb machte er Eindruck auf sie. Er sagte von einem sehr korpulenten Mann in der Stadt, er sähe aus, als ob er mit Fett in den Hosen

ginge, und über diesen Witz lachte er selbst, obwohl ich mich dafür geschämt hätte. Später einmal, als wir zusammen in einem Haus wohnten, zeigte er seine Albernheit auch auf offenkundige Weise: Meine Wirtin kam eines Morgens zu mir herein und fragte, was ich zum Frühstück wünsche, und in der Eile antwortete ich: eine Ei und ein Scheibe Brot. Thomas Glahn saß bei mir im Zimmer – er wohnte in der Kammer darüber, gleich unter dem Dach – und begann kindisch über mein geringes Versprechen zu lachen und sich darüber zu freuen. Eine Ei und ein Scheibe Brot, wiederholte er unaufhörlich, bis ich ihn verwundert ansah und ihn zum Schweigen brachte.

Vielleicht erinnere ich mich späterhin noch anderer lächerlicher Züge, und in dem Fall will ich auch diese niederschreiben und ihn nicht schonen, da er noch beständig mein Feind ist. Warum sollte ich edelmütig sein? Aber ich will einräumen, daß er nur dann albern war, wenn er berauscht war. Doch ist berauscht zu sein nicht an sich ein großer Fehler?

Als ich ihn im Herbst 1859 traf, war er ein Mann von zweiunddreißig Jahren, wir waren beide gleich alt. Er hatte damals einen Vollbart und trug wollene Jagdhemden, die bis zur Übertreibung ausgeschnitten waren, und dabei kam es noch vor, daß er es unterließ, den obersten Knopf zuzuknöpfen. Im Anfang schien mir sein Hals ungewöhnlich schön zu sein, aber er machte mich nach und nach zu seinem Todfeind, und da fand ich nicht mehr, daß sein Hals hübscher war als meiner, obwohl ich den meinigen nicht so breit zur Schau trug. Ich traf ihn das erste Mal auf meinem Flußboot. Ich wollte an dem gleichen Ort auf die Jagd wie er, und wir beschlossen sogleich, zusammen im

Ochsenwagen über das Land zu fahren, wenn die Eisenbahn uns nicht mehr weiterbringen könne. Ich vermeide es mit Absicht, den Ort zu nennen, wohin wir reisten, um niemand auf die Spur zu bringen; aber die Familie Glahn kann ruhig aufhören, nach ihrem Verwandten auszuschreiben; denn er starb an dem Ort, an den wir hinreisten und den ich nicht nennen will.

Ich hatte übrigens von Thomas Glahn reden hören, bevor ich ihn traf, sein Name war mir nicht unbekannt. Ich hatte gehört, daß er in Verbindung mit einer jungen Nordländerin aus einem großen Haus gestanden und daß er sie auf irgendeine Weise kompromittiert hatte, worauf sie mit ihm gebrochen hatte. In seinem dummen Trotz hatte er sich geschworen, dies an sich selbst zu rächen, und die Dame ließ ihn ruhig tun, was ihn nach dieser Richtung gelüstete, es ging sie nichts an. Von nun ab wurde Thomas Glahn erst richtig bekannt, er betrug sich wie wild, verrückt, er trank, machte Skandal und nahm Abschied vom Militärdienst. Dies war nun auch eine sonderbare Art, sich für einen Korb zu rächen!

Es gab noch einen anderen Bericht von seinem Verhältnis zu der jungen Dame; daß er sie durchaus nicht kompromittiert habe, sondern daß ihre Familie ihn vor die Tür gejagt und daß sie selbst dabei geholfen habe, nachdem ein schwedischer Graf, dessen Namen ich nicht nennen will, um sie geworben hatte. Aber diesem Bericht schenke ich weniger Vertrauen und halte den ersten für wahrer, da ich doch Thomas Glahn hasse und ihn des Schlimmsten für fähig halte. Wie dies nun auch war oder nicht war, er sprach niemals selbst von dieser Verbindung mit der hochste-

henden Dame, und ich fragte ihn auch nicht danach. Was ging mich das an?

Ich entsinne mich nicht, daß wir, während wir auf dem Flußboot saßen, von etwas anderem sprachen als von dem kleinen Dorf, zu dem wir wollten und wo keiner von uns vorher gewesen war.

Es soll da eine Art Hotel sein, sagte Glahn und sah auf der Karte nach. Wenn wir Glück haben, kann es uns gelingen dort zu wohnen, die Wirtin ist eine alte englische *halfbreed,* hat man mir erzählt. Der Häuptling wohnt im Nachbardorf, er soll viele Frauen haben, einige sind erst zehn Jahre alt.

Nun, ich wußte nicht, ob der Häuptling viele Frauen hatte und ob ein Hotel im Dorf war, deshalb sagte ich nichts, aber Glahn lächelte, und mir schien, daß sein Lächeln schön war.

Ich vergaß übrigens, daß er keineswegs ein vollkommener Mann genannt werden konnte, obwohl er so prächtig aussah. Er erzählte selbst, daß er mit einer alten Schußwunde am linken Fuß ginge und daß diese Schußwunde bei jedem Wetterumschlag voller Gicht sei.

2

Eine Woche später waren wir in der großen Hütte untergebracht, die unter dem Namen Hotel ging, bei der alten englischen *halfbreed.* Ach, welch ein Hotel! Die Wände waren aus Lehm und etwas Holz, und dieses Hotel war von den weißen Ameisen zerfressen, die allerorten umherkrochen. Ich wohnte in einem Raum neben der Stube, mit einem grünen Glasfenster

auf die Straße, einer einzigen Scheibe, die nicht sehr klar war; und Glahn hatte ein winzig kleines Loch gewählt, oben unter dem Dach, von wo er auch eine Glasscheibe zur Straße hatte, wo es aber viel dunkler und schlechter zu wohnen war. Die Sonne durchglühte das Strohdach bei ihm und machte es fast unerträglich heiß in seinem Raum, Tag und Nacht, dazu kam, daß es bei weitem keine Treppe war, die zu ihm hinaufführte, sondern eine elende Leiter mit vier Stufen. Was konnte ich dagegen tun? Ich ließ Glahn die Wahl und sagte:

Hier sind zwei Zimmer, eines unten und eines oben, wählen Sie!

Und Glahn besah die zwei Zimmer und wählte das obere, vielleicht um mir das bessere zu geben, aber war ich ihm vielleicht nicht auch dankbar dafür? Ich schulde ihm nichts.

Solange die ärgste Hitze währte, gingen wir nicht auf die Jagd, sondern hielten uns ruhig bei der Hütte; denn die Hitze war so übermäßig hart. Wir hatten in der Nacht wegen der Insekten Fliegennetze um die Pritsche; aber es kam trotzdem vor, daß blinde Fledermäuse lautlos und rasend gegen unsere Netze flogen und sie zerrissen; dies geschah Glahn nur allzuoft, weil er wegen der Hitze ständig eine Luke im Dach offen haben mußte, aber mir passierte das nicht. Am Tag lagen wir auf Matten vor der Hütte und rauchten und beobachteten das Leben bei den anderen Hütten. Die Eingeborenen waren braune und dicklippige Leute, alle mit Ringen in den Ohren und toten braunen Augen; sie waren beinahe nackt, nur mit einem Streifen Baumwolltuch oder einem Blattgeflecht um den Leib, und die Frauen hatten außerdem noch einen

kurzen Rock aus Baumwollstoff, um sich zu verhüllen. Alle Kinder waren Tag und Nacht splitternackt, mit richtig großen, vorstehenden Bäuchen, die von Öl glänzten.

Die Frauen sind zu fett, sagte Glahn.

Und ich fand auch, daß die Frauen zu fett waren, und vielleicht war es auch gar nicht Glahn, sondern ich selbst, der das zuerst gedacht hatte; aber ich streite mich nicht mit ihm darum und gebe ihm gerne die Ehre. Übrigens waren nicht alle Frauen häßlich, obwohl ihre Gesichter fett und gedunsen waren; ich hatte im Dorf ein Mädchen getroffen, eine junge Halbtamulerin mit langem Haar und schneeweißen Zähnen, sie war die hübscheste von allen. Ich stieß eines Abends am Rande eines Reisfeldes auf sie, sie lag im hohen Gras auf dem Bauch und zappelte mit den Beinen in der Luft. Sie konnte mit mir reden, und wir sprachen auch miteinander, so lange ich wollte, es war beinahe Morgen, als wir uns trennten, und da ging sie nicht geradeaus heim, sondern tat so, als wäre sie die Nacht über im Nachbardorf gewesen. Glahn saß an diesem Abend mitten im Ort, vor einer kleinen Hütte, zusammen mit zwei anderen Mädchen, die sehr jung waren, vielleicht nicht mehr als eben zehn Jahre alt. Bei diesen saß er, tändelte mit ihnen und trank Reisbier, das war sein Geschmack.

Ein paar Tage danach gingen wir auf die Jagd. Wir kamen an Teegärten, Reisfeldern und Grasebenen vorbei, wir ließen das Dorf hinter uns und gingen in der Richtung des Flusses, wir kamen in Wälder aus seltsamen, fremden Bäumen, Bambus, Mango, Tamarinden, Teak- und Salzbäumen, Öl- und Gummigewächsen, ja, Gott weiß, was das alles für Bäume

waren, wir verstanden uns nicht sehr darauf, keiner von uns. Aber im Fluß war nicht viel Wasser, und es blieb weiterhin wenig Wasser bis zur Regenzeit. Wir schossen wilde Tauben und Hühner, und wir sahen im Lauf des Nachmittags zwei Panther; es flogen auch Papageien über unsern Köpfen. Glahn schoß schrecklich sicher, er fehlte nie; aber das kam auch daher, daß seine Büchse besser war als meine, ich schoß auch oft schrecklich sicher. Ich brüstete mich niemals damit. Doch Glahn sagte oft: Dem brenne ich eins auf den Schwanz, den kratze ich am Kopf; dies sagte er, bevor er abdrückte, und wenn der Vogel fiel, hatte er ihn ganz richtig am Schwanz oder am Kopf getroffen. Als wir auf die zwei Panther stießen, wollte Glahn durchaus auch sie mit seiner Schrotflinte anfallen, aber ich brachte ihn dazu, es aufzugeben, da es schon zu dunkeln anfing und wir nur mehr ein paar Patronen übrig hatten. Dessen rühmte er sich auch: daß er den Mut gezeigt hatte, mit Schrot auf die Panther zu schießen.

Ich ärgere mich, daß ich nicht trotzdem schoß, sagte er zu mir. Warum sind Sie so verflucht vorsichtig? Wollen Sie lange leben?

Es freut mich, daß Sie mich vernünftiger finden als sich selbst, erwiderte ich.

Ja, wir wollen einander nicht böse sein wegen so einer Kleinigkeit, sagte er dann.

Das waren seine Worte und nicht meine; hätte er mir böse sein wollen, dann gerne, meinethalben. Ich hatte angefangen, Unwillen gegen ihn wegen seines leichtsinnigen Betragens und seines Verführerwesens zu fühlen. Gestern abend war ich ganz ruhig mit Maggie, der Tamulerin, dahergekommen, die meine Freundin war, und wir waren beide guter Laune.

Glahn sitzt vor der Hütte und grüßt und lächelt uns zu, während wir vorbeigehen; aber Maggie sah ihn da zum ersten Mal und fragte mich neugierig über ihn aus. Solchen Eindruck hatte er auf sie gemacht, daß, als wir uns trennten, ein jedes nach seiner Seite ging, sie folgte mir nicht nach Hause.

Glahn wollte es so abtun, als habe dies keine Bedeutung, als ich mit ihm darüber sprach. Aber ich vergaß es nicht. Es war auch nicht ich, dem er zugelacht und gelächelt hatte, als wir an der Hütte vorbeigingen, es war Maggie. Was kaut sie denn immer? fragte er mich.

Das weiß ich nicht, antwortete ich; sie kaut; dazu hat sie wohl ihre Zähne bekommen.

Und es war auch keine Neuigkeit für mich, daß Maggie ständig etwas kaute, das hatte ich längst bemerkt. Aber es war nicht Betel, was sie kaute, denn ihre Zähne waren vollkommen weiß, dagegen hatte sie die Gewohnheit, viele andere Dinge zu kauen, sie in den Mund zu stecken und daran zu kauen, als ob es etwas Gutes sei. Das konnte alles mögliche sein, Geldstücke, Papierfetzen, Vogelfedern, sie kaute daran. Doch war dies auf keinen Fall ein Grund, sie herabzusetzen, da sie trotzdem das hübscheste Mädchen des Ortes war, aber Glahn war neidisch auf mich, das war die Sache.

Den Abend darauf wurde ich übrigens wieder gut Freund mit Maggie, und wir sahen nichts von Glahn.

3

Eine Woche verlief nun, wir gingen jeden Tag auf die Jagd und schossen eine Menge Wild. Eines frühen

Morgens, just als wir in den Wald traten, ergriff mich Glahn am Arm und flüsterte: Halt! Im selben Augenblick wirft er die Büchse an die Wange und brennt ab. Es war ein junger Leopard, den er schoß. Ich hätte ja auch schießen können, aber Glahn behielt die Ehre für sich selbst und schoß zuerst. Wie er sich nun wieder brüsten wird! dachte ich. Wir näherten uns dem toten Tier, es war steintot, an der linken Seite aufgerissen und die Kugel saß im Rücken.

Ich liebe es nicht, am Arm gepackt zu werden, deshalb sagte ich:
Den Schuß hätte ich auch tun können.
Glahn sah mich an.
Ich sagte wieder:
Sie glauben vielleicht nicht, daß ich es gekonnt hätte? Glahn antwortet auch jetzt nicht. Statt dessen zeigt er noch einmal sein kindisches Wesen und schießt abermals auf den toten Leoparden, diesmal durch den Kopf. Ich sehe ihn wie aus dem Himmel gefallen an.

Ja, sagt er zur Erklärung, ich kann nicht von mir erzählen lassen, daß ich einen Leoparden in die Seite getroffen habe. Sie sind heute abend so liebenswürdig, sagte ich.

Es war für seine Eitelkeit zuviel, daß er einen so einfachen Schuß getan hatte, immer wollte er der erste sein. Wie närrisch er war! Aber das war nicht meine Sache, ich würde ihn nicht verraten.

Am Abend, als wir mit dem toten Leoparden in das Dorf kamen, eilten viele der Eingeborenen herzu, um ihn anzuschauen. Glahn sagte übrigens nur, daß wir ihn am Morgen geschossen hatten, und tat weiter nicht groß damit. Maggie kam auch dazu.

Wer hat ihn geschossen? fragte sie.

Und Glahn antwortete:

Das siehst du wohl, zwei Wunden, wir schossen ihn heute morgen, als wir ausgingen. – Und er drehte das Tier um und zeigte ihr die zwei Wunden, sowohl die in der Seite, als die am Kopf. Hier ging meine Kugel, sagte er und deutete auf die Wunde an der Seite, denn er wollte in seiner Albernheit es mir überlassen, in den Kopf geschossen zu haben. Ich fand es nicht der Mühe wert, ihn zu verbessern und tat es auch nicht. Glahn begann danach die Eingeborenen mit Reisbier zu traktieren, ja er gab für jeden, der trinken wollte, eine Menge aus.

Sie haben ihn alle beide geschossen, sagte Maggie zu sich selbst und sah doch die ganze Zeit auf Glahn.

Ich zog sie mit zur Seite und sagte:

Warum siehst du ihn die ganze Zeit an? Stehe nicht auch ich ganz nahe dabei?

Doch, entgegnete sie. Und höre: Ich komme heute abend.

Am Tag darauf geschah es, daß Glahn den Brief bekam. Es kam nämlich ein Brief mit Eilboten von der Flußstation an ihn, und er hatte einen Umweg von hundertachtzig *miles* gemacht. Der Brief war von einer Frauenhand geschrieben, und ich dachte bei mir selbst, daß er vielleicht von seiner früheren Freundin, der hochstehenden Dame war. Glahn lachte nervös, als er ihn gelesen hatte, und gab dem Boten einen Geldschein extra, weil er ihn gebracht hatte. Aber es dauerte nicht lange, dann wurde er schweigsam und finster und tat nichts anderes, als gerade vor sich hinzustarren. Am Abend trank er sich voll, zusammen mit einem alten Zwerg von einem Eingeborenen und

dessen Sohn, und er umarmte auch mich und wollte mich durchaus zum Mittrinken bewegen.

Dann lachte er sehr laut und sagte:

Hier liegen nun wir zwei mitten in Indien und schießen Wild, was? Ist dies nicht schauderhaft komisch? Und Prosit allen Reichen und Ländern der Welt, und Prosit allen hübschen Frauen, verheirateten und unverheirateten, fern und nah. Hoho! Denken Sie sich einen Mann und eine verheiratete Frau, die um ihn wirbt, eine verheiratete Frau?

Eine Gräfin, sagte ich spöttisch. Ich sagte es sehr spöttisch und es schmerzte ihn. Er greinte wie ein Hund, denn es schmerzte ihn. Dann runzelte er plötzlich die Stirn und begann mit den Augen zu zwinkern und gründlich darüber nachzudenken, ob er zu viel gesagt hätte, so feierlich stellte er sich mit diesem bißchen Geheimnis an. Aber in diesem Augenblick kamen einige Kinder auf unsere Hütte zugelaufen und riefen und schrien: Die Tiger, ohoi, die Tiger! Ein Kind war fast dicht beim Dorf von einem Tiger angefallen worden, in einem Gestrüpp zwischen dem Dorf und dem Fluß.

Das war genug für Glahn, der berauscht war und in einem zerrissenen Gemütszustand, er griff nach seinem Gewehr und sprang in einem Nu zum Dickicht hinunter; er hatte nicht einmal den Hut auf. Aber weshalb nahm er nun das Gewehr statt der Schrotflinte, wenn er wirklich so mutig war? Er mußte durch den Fluß waten, was nicht ohne Gefahr war, aber der Fluß war allerdings fast trocken, jetzt, kurz vor der Regenzeit; eine Weile danach hörte ich zwei Schüsse und unmittelbar darauf noch einen dritten Schuß. Drei Schüsse auf ein Tier? dachte ich; ein Löwe wäre

bei zwei Schüssen getaumelt, und dies war doch nur ein Tiger! Aber sogar diese drei Schüsse waren nutzlos, das Kind war trotzdem zerrissen und halb aufgefressen, als Glahn kam; wenn er nicht so berauscht gewesen wäre, hätte er nicht einmal den Versuch gemacht, es zu retten.

Die Nacht verbrachte er in Saus und Braus in unserer Nachbarhütte, zusammen mit einer Witwe und ihren zwei Töchtern, Gott weiß, mit welcher von ihnen.

Zwei Tage lang war Glahn nicht eine einzige Stunde nüchtern, und er hatte auch viele Kameraden bekommen, die mittranken. Er forderte mich vergebens auf, an der Sauferei teilzunehmen, er achtete nicht mehr darauf, was er sagte, und warf mir vor, daß ich eifersüchtig auf ihn sei.

Ihre Eifersucht verblendet Sie, sagte er.

Meine Eifersucht! Ich eifersüchtig auf ihn!

Wissen Sie was, sagte ich, eifersüchtig auf Sie! Weswegen sollte ich eifersüchtig auf Sie sein?

Nein, nein, dann sind Sie also nicht eifersüchtig auf mich, antwortete er. Ich habe übrigens Maggie heute abend begrüßt, sie kaute wie gewöhnlich.

Ich verbiß meine Antwort und ging.

4

Wir fingen wieder an auf die Jagd zu gehen. Glahn fühlte, daß er mir unrecht getan hatte, und bat mich dafür um Entschuldigung.

Im übrigen bin ich das Ganze herzlich leid, sagte er; ich möchte wünschen, daß Sie eines Tages fehlschös-

sen und mir eine Kugel in die Gurgel gäben. Es war vielleicht wieder der Brief von der Gräfin, der in seiner Erinnerung glomm, und ich erwiderte:

Wie man sich bettet, so liegt man.

Er wurde mit jedem Tag schweigsamer und finsterer, er trank nicht mehr und sagte auch kein Wort mehr; seine Wangen wurden hohl.

Eines Tages hörte ich plötzlich Schwätzen und Lachen vor meinem Fenster, ich sah hinaus, Glahn hatte wieder seine lustige Miene bekommen, stand da und sprach laut mit Maggie. Er wandte alle seine betörenden Künste an. Maggie mußte wohl unmittelbar von daheim gekommen sein, und Glahn hatte sie abgepaßt. Sie bedachten nicht einmal, daß sie gerade vor meinem Fenster standen.

Ich fühlte ein Beben in allen meinen Gliedern, und ich spannte den Hahn an meinem Gewehr und ließ es wieder sinken. Ich trat auf den Platz hinaus und nahm Maggie beim Arm; wir gingen schweigend durch das Dorf hinaus; Glahn verschwand sogleich in der Hütte.

Warum sprichst du wieder mit ihm? fragte ich Maggie.

Sie antwortete nicht.

Ich war zu Tode verzweifelt, mein Herz klopfte so hart, daß ich kaum Atem holen konnte. Niemals hatte ich Maggie hübscher gesehen als da, ich hatte niemals ein ganz weißes Mädchen so hübsch gesehen, und deshalb vergaß ich, daß sie eine Tamulerin war und vergaß alles um ihretwillen.

Antworte mir, sagte ich, warum sprichst du mit ihm?

Er gefällt mir besser, antwortete sie.

Gefällt er dir besser als ich?

Ja.

So, er gefiel ihr besser, obwohl ich mich wohl mit ihm messen konnte!

War ich nicht immer freundlich gegen sie gewesen und hatte ihr Geld und Geschenke gegeben? Und was hatte er getan?

Er treibt seinen Spott mit dir, er sagt, daß du kaust, sagte ich.

Das verstand sie nicht, und ich erklärte es ihr besser, daß sie immer die Gewohnheit hätte, alles in den Mund zu stecken und daran zu kauen, und daß Glahn sich deshalb über sie lustig mache. Das machte mehr Eindruck auf sie als alles andere, was ich sagte.

Hör zu, Maggie, sagte ich weiter, du sollst mein sein für immer; willst du das nicht? Ich habe darüber nachgedacht, du sollst mich begleiten, wenn ich von hier fortreise, ich will dich heiraten, hörst du, und wir werden in mein eigenes Land reisen und dort wohnen. Das willst du doch wohl?

Und auch dies machte Eindruck auf sie, Maggie wurde lebhaft und sprach viel mit mir auf dem Spaziergang. Sie nannte Glahn nur einmal, sie fragte:

Und wird Glahn mitkommen, wenn wir reisen?

Nein, antwortete ich, das wird er nicht. Bist du deswegen betrübt?

Nein, nein, erwiderte sie schnell, ich bin froh darüber.

Mehr sagte sie nicht über ihn, und ich fühlte mich beruhigt. Maggie ging auch mit mir nach Hause, als ich sie darum bat.

Als sie mich ein paar Stunden später verließ, kletterte ich die Leiter zu Glahns Stube hinauf und

klopfte an der dünnen Rohrtüre. Er war daheim. Ich sagte:
Ich komme, um Ihnen zu sagen, daß wir vielleicht morgen nicht auf die Jagd gehen sollten.
Warum nicht? fragte Glahn.
Weil ich nicht dafür haften kann, daß ich nicht fehlschießen werde, daß ich Ihnen nicht eine Kugel in die Gurgel gebe. Glahn erwiderte nichts, und ich ging wieder hinunter. Nach dieser Warnung wagte er es wohl nicht, morgen auf die Jagd zu gehen; aber warum hatte er auch Maggie unter mein Fenster gelockt und laut mit ihr gescherzt? Warum reiste er nicht heim, wenn der Brief ihn wirklich zurückrief? Statt dessen ging er oft umher und biß die Zähne zusammen und rief in die Luft:
Niemals! Niemals! Eher lasse ich mich vierteilen!
Aber am Morgen, nachdem ich ihn abends gewarnt hatte, stand Glahn trotzdem vor meinem Bett und rief:
Auf, auf, Kamerad! Es ist das schönste Wetter, wir müssen etwas schießen. Übrigens war es dumm, was Sie gestern abend sagten.
Es war noch nicht einmal vier Uhr vorbei, aber ich stand sogleich auf und machte mich fertig, um mitzugehen, weil er meine Warnung verachtete. Ich lud meine Büchse, bevor wir hinausgingen, und ließ ihn sehen, daß ich das tat. Es war obendrein nicht das schönste Wetter, wie er sagte, es regnete, und dadurch verhöhnte er mich noch mehr. Aber ich tat nicht dergleichen und ging schweigend mit.
Den ganzen Tag streiften wir in den Wäldern umher, jeder mit seinen eigenen Gedanken. Wir schossen nichts, wir fehlten ein Wild nach dem anderen, denn

wir dachten an andere Dinge als an die Jagd. Gegen Mittag begann Glahn ein wenig vor mir her zu gehen, als wollte er mir eine bessere Gelegenheit geben, mit ihm zu machen, was ich wollte. Er ging direkt vor meiner Laufmündung, aber auch diesen Hohn ertrug ich. Wir kehrten am Abend heim, ohne daß etwas geschehen war. Ich dachte: Vielleicht nimmt er sich jetzt in acht und läßt Maggie in Frieden!

Dies war der längste Tag meines Lebens, sagte Glahn am Abend, als wir bei der Hütte standen.

Weiter wurde nichts zwischen uns gesprochen.

In den folgenden Tagen war er in schwärzester Laune, sicherlich immer noch um des gleichen Briefes willen. Ich halte es einfach nicht aus, nein, ich halte es nicht aus! sagte er manchmal in der Nacht; wir hörten es durch die ganze Hütte. Sein Eigensinn ging auch so weit, daß er nicht einmal die freundlichsten Fragen unserer Wirtin beantwortete, und er stöhnte sogar, wenn er schlief. Er trägt viel auf seinem Gewissen! dachte ich; aber warum in aller Welt reist er nicht heim? Sein Hochmut verbot es ihm wahrscheinlich, er wollte nicht der sein, der wiederkam, wenn er einmal abgewiesen worden war.

Ich traf Maggie jeden Abend, und Glahn sprach nicht mehr mit ihr. Ich bemerkte, daß sie aufgehört hatte zu kauen, sie kaute gar nicht mehr, und ich freute mich darüber und dachte: Sie kaut nicht mehr, das ist ein Fehler weniger, und ich liebe sie nun doppelt so sehr! Eines Tages fragte sie nach Glahn, sie fragte sehr vorsichtig. War er nicht wohl? War er fortgereist?

Wenn er nicht tot oder verreist ist, antwortete ich, so liegt er wohl daheim. Mir ist das gleichgültig. Es ist nicht mehr mit ihm auszuhalten.

Aber, als wir in diesem Augenblick zur Hütte kamen, erblickten wir Glahn, der auf einer Matte auf der Erde lag, die Hände unterm Nacken, und zum Himmel starrte. Da liegt er übrigens, sagte ich.

Maggie ging, bevor ich es verhindern konnte, gerade auf ihn zu und sagte mit froher Stimme:

Ich kaue nicht mehr, sieh selbst! Keine Feder, keine Geldstücke, keine Papierfetzen kaue ich mehr.

Glahn sah sie kaum an und blieb weiter still liegen, aber Maggie und ich gingen weiter. Als ich ihr vorwarf, daß sie ihr Versprechen gebrochen und wieder mit Glahn gesprochen habe, antwortete sie, sie habe ihn nur zurechtweisen wollen.

Ja, das ist gut, weise ihn zurecht, sagte ich; aber hörtest du ihm zulieb zu kauen auf?

Sie antwortete nicht. Was, wollte sie nicht antworten?

Sag, hörst du, hast du es ihm zulieb getan?

Nein, nein, entgegnete sie dann, ich habe es dir zulieb getan.

Und ich konnte es auch nicht anders glauben. Warum sollte sie Glahn etwas zulieb tun?

Am Abend versprach Maggie, zu mir zu kommen, und sie kam auch.

5

Sie kam um zehn Uhr, ich hörte draußen ihre Stimme, sie sprach laut mit einem Kind, das sie an der Hand führte. Warum kam sie nicht herein und warum hatte sie das Kind dabei? Ich beobachte sie, und mir kommt die Ahnung, daß sie ein Signal gibt, indem sie so laut

mit dem Kind spricht, und ich sehe auch, daß sie die Augen auf die Dachstube gerichtet hält, auf Glahns Fensterscheibe. Hatte er ihr vielleicht zugenickt oder gewinkt innerhalb des Fensters, als er sie draußen hörte? Auf jeden Fall verstand ich soviel, daß man nicht so hoch hinauf zu schauen braucht, wenn man mit einem Kind unten auf der Erde spricht.

Ich war im Begriff, zu ihr hinauszugehen und sie beim Arm zu nehmen; aber eben da ließ sie die Hand des Kindes los, sie ließ das Kind stehen und kam selbst durch die Tür in die Hütte. Sie trat in den Gang herein. Na, da kam sie endlich, ich wollte sie auch nachdrücklich in Zucht nehmen, wenn sie kam!

Nun stehe ich und höre, daß Maggie in den Gang tritt, ich täusche mich durchaus nicht, sie ist fast dicht an meiner Tür. Aber anstatt zu mir hereinzukommen, höre ich ihren Tritt über die Leiter hinauf zur Dachstube, zu Glahns Loch, ich höre es nur allzuwohl. Ich stoße meine Tür weit auf, aber Maggie ist bereits hinaufgelangt, die Tür wird eben hinter ihr geschlossen, und ich höre nichts mehr. Das war um zehn Uhr.

Ich gehe zurück und setze mich in mein eigenes Zimmer und nehme meine Büchse und lade sie, obwohl es mitten in der Nacht ist. Um zwölf Uhr steige ich die Leiter hinauf und horche an Glahns Türe, ich höre Maggie drinnen, ich höre, daß sie gut zu Glahn ist, und ich gehe wieder hinunter. Um ein Uhr gehe ich abermals hinauf, da ist alles still. Ich warte vor der Tür, bis sie erwachen. Es wird drei Uhr, es wird vier Uhr, und als es fünf Uhr wurde, erwachten sie. Das ist gut! dachte ich, und ich dachte an nichts anderes als daran, daß sie nun erwachten und daß das sehr gut sei. Aber bald danach hörte ich Lärm und Unruhe unten

in der Hütte, aus dem Zimmer meiner Wirtin, und ich mußte mich eilig wieder hinunterbegeben, um nicht von ihr überrascht zu werden. Glahn und Maggie waren deutlich wach, und ich hätte viel mehr erhorchen können, mußte aber gehen.

Im Gang sagte ich zu mir selbst: Sieh, hier ging sie, sie streifte meine Tür mit ihrem Arm, aber sie öffnete die Tür nicht, sie stieg die Leiter hinauf, und hier ist auch die Leiter, auf diese vier Stufen ist sie getreten.

Mein Bett stand noch unberührt, und ich legte mich auch jetzt nicht hin, sondern setzte mich ans Fenster und fingerte ein wenig an meinem Gewehr. Mein Herz schlug nicht, es bebte.

Eine halbe Stunde später hörte ich von neuem Maggies Tritte auf der Leiter. Ich lehnte mich in mein Fenster und sah, daß sie vor die Hütte trat. Sie hatte den kleinen kurzen Baumwollrock an, der ihr nicht einmal bis an die Knie reichte, und über den Schultern noch eine wollene Schärpe, die sie von Glahn geliehen hatte. Abgesehen davon war sie vollständig nackt, und der kleine Baumwollrock war sehr verknüllt. Sie ging langsam, wie es immer ihre Gewohnheit war, und sah selbst jetzt nicht zu meinem Fenster her. Dann verschwand sie hinter den Hütten.

Etwas später kam Glahn mit dem Gewehr unterm Arm herunter, vollständig fertig zur Jagd. Er war finster und grüßte nicht. Übrigens hatte er sich herausgeputzt und sich ungewöhnliche Mühe mit seiner Toilette gemacht. Er hat sich wie ein Bräutigam geschmückt, dachte ich.

Ich machte mich sogleich fertig und ging mit ihm, und keiner von uns sagte etwas. Die beiden ersten Hühner, die wir schossen, rissen wir elendiglich in

Stücke, weil wir sie mit dem Gewehr schossen, aber wir brieten sie, so gut wir konnten, unter einem Baum und verzehrten sie schweigend. So ging die Zeit bis zwölf Uhr.

Glahn rief mir zu: Sind Sie sicher, daß Sie geladen haben? Wir könnten vielleicht auf etwas Unerwartetes stoßen. Laden Sie auf jeden Fall.

Ich habe geladen, antwortete ich.

Dann verschwand er einen Augenblick hinter einem Dickicht. Welche Wonne es mir sein sollte, ihn zu erschießen, ihn niederzuknallen wie einen Hund! Es eilte nicht, er konnte sich noch an dem Gedanken daran ergötzen, und er verstand wohl deutlich, was ich im Sinn hatte, deshalb fragte er ja auch, ob ich geladen hätte. Nicht einmal heute hatte er es unterlassen können, seinem Hochmut nachzugeben, er hatte sich herausgeputzt und ein frisches Hemd angezogen; seine Miene war über alle Maßen hochmütig.

Gegen ein Uhr bleibt er bleich und zornig vor mir stehen und sagt:

Nein, ich halte es nicht aus! Sehen Sie doch nach, ob Sie geladen haben, Mensch, ob Sie etwas in der Büchse haben.

Darf ich Sie bitten, auf Ihre eigene Büchse aufzupassen, antwortete ich.

Aber ich wußte sehr wohl, warum er unaufhörlich nach meiner Büchse fragte.

Und er ging wieder von mir weg. Meine Antwort hatte ihn so nachdrücklich zurückgewiesen, daß er sanftmütig wurde und den Kopf sinken ließ, als er weiterging.

Nach einer Weile schoß ich eine Taube und lud wieder. Während ich damit beschäftigt bin, steht

Glahn halb hinter einem Baumstamm versteckt und sieht mich an und sieht, daß ich wirklich lade, und kurz danach fängt er an, laut und deutlich einen Psalm zu singen, und es ist sogar ein Hochzeitspsalm. Er singt Hochzeitspsalmen und zieht seine besten Kleider an, dachte ich, auf diese Weise glaubt er nun heute am betörendsten zu sein. Noch bevor er zu Ende gesungen hatte, begann er mit hängendem Kopf langsam vor mir herzugehen, und während er ging, sang er immer noch. Er hielt sich wieder dicht vor meiner Gewehrmündung, als wenn er dächte: Ja, nun soll es geschehen, deshalb singe ich diesen Hochzeitspsalm! Aber es geschah noch nichts, und als er schwieg, mußte er sich nach mir umsehen.

Wir schießen ja doch nichts heute, sagte er und lächelte, um sich bei mir zu entschuldigen und es wieder gutzumachen, daß er auf der Jagd sang. Aber noch in diesem Augenblick war sein Lächeln schön, es war, als wenn er in seinem Innern weinte, und seine Lippen bebten auch wirklich, obwohl er so tat, als ob er in dieser ernsten Stunde lächeln könnte.

Ich war kein Frauenzimmer, und er sah wohl, daß er keinen Eindruck auf mich machte, er wurde ungeduldig, bleich, er umkreiste mich mit hitzigen Schritten, war bald zu meiner Linken, bald zu meiner Rechten, und hie und da hielt er an und wartete mich ab. Gegen fünf Uhr hörte ich plötzlich einen Knall und eine Kugel pfiff an meinem linken Ohr vorbei. Ich sah auf, Glahn stand unbeweglich, wenige Schritte von mir entfernt, und starrte mich an, sein rauchendes Gewehr lag in seinem Arm. Hatte er mich erschießen wollen? Ich sagte:

Sie fehlten, Sie schießen schlecht in letzter Zeit.

Doch er schoß nicht schlecht, er fehlte niemals, er hatte mich nur aufreizen wollen.

So rächen Sie sich, zum Satan, schrie er zurück.

Wenn meine Zeit kommt, sagte ich und biß die Zähne zusammen.

Wir stehen und sehen einander an, und plötzlich zuckt Glahn mit den Schultern und ruft »Kujon« zu mir herüber. Warum mußte er mich auch einen Kujon heißen? Ich warf meine Büchse an die Wange, zielte ihm direkt ins Gesicht und drückte ab.

Wie man sich bettet, so liegt man...

Aber nun braucht die Familie Glahn nicht mehr nach diesem Mann zu suchen, es irritiert mich, ständig auf diese törichte Anzeige von so und so großer Belohnung für Aufklärung über einen Toten zu stoßen. Thomas Glahn starb durch einen Unglücksfall, einen Fehlschuß, auf der Jagd in Indien. Das Gericht bewahrte seinen Namen und sein Ende in einem Protokoll mit durchzogenen Blättern, und in diesem Protokoll steht, daß er tot ist, sage ich Ihnen, ja sogar, daß er durch einen Fehlschuß gestorben ist.

Biographie aus erster Hand – Tore Hamsuns einfühlsames Portrait des Vaters

Aus größtmöglicher Nähe verschafft Tore Hamsun einen Einblick in das Privatleben sowie die künstlerische Werkstatt seines Vaters Knut Hamsun. Anhand bisher unveröffentlichter Briefe und Aufzeichnungen entsteht so das plastische Bild eines langen und wechselvollen Lebens.

Langen Müller

Selma Lagerlöf im dtv

Die schönsten Legenden
dtv 1391

Nordische Legenden, Christuslegenden, Legenden aus Italien und dem Heiligen Land.

Gösta Berling
Roman
dtv 1441

Die leidenschaftliche Lebens- und Liebesgeschichte des aufsässigen Pfarrers Gösta Berling.»Kein Buch enthüllt uns so offen und eindringlich die Seele Schwedens. In dem streitbaren Pfarrer, der der Anführer der Kavaliere von Ekeby war, wurde der Welt eine Gestalt geschenkt, die, ähnlich wie der Faust für deutsches Wesen, zum Prototyp des alten Schweden wurde.«
(Badische Neueste Nachrichten)

Ein Weihnachtsgast
Drei Erzählungen
dtv 10656

Mårbacka
Kindheitserinnerungen
dtv 10768

Das Tagebuch
Jugenderinnerungen
dtv 11188

Die schönsten Sagen und Märchen
dtv 11506

Das Heinzelmännchen von Töreby, Der Wechselbalg, Die Königinnen von Kungahälla, Die Herrenhofsage und viele andere mehr.

Siegfried Lenz
Die Erzählungen
1949–1984

3 Bände
in Kassette
dtv 10527

Siegfried Lenz ist
der Erzählung als einer
literarischen Form
nicht minder verpflichtet als die Erzählung
ihm. Man kennt ihn als
Romanautor, aber
man kennt – und
schätzt – ihn auch als
Geschichtenerzähler.
Diese drei Bände enthalten die Erzählungen der Jahre 1949 bis
1984 in chronologischer Reihenfolge,
von der ersten Skizze
›Die Nacht im Hotel‹
über ›Suleyken‹, ›Jäger
des Spotts‹, ›Das
Feuerschiff‹, ›Der
Spielverderber‹ und
›Einstein überquert
die Elbe bei Hamburg‹
bis zu ›Lehmanns
Erzählungen‹, den
›Geschichten aus
Bollerup‹ und der
Novelle ›Ein Kriegsende‹.

Jakob Wassermann im dtv

**Caspar Hauser oder
Die Trägheit des Herzens**
Die Geschichte des rätselhaften
Findlings, der 1828 im Alter von
etwa 17 Jahren fast sprachlos
aufgegriffen wurde: Seine
Herkunft regte ganz Europa zu
Spekulationen an.
dtv 10192

Der Fall Maurizius
Seit 19 Jahren gilt Maurizius als
Mörder seiner Frau, verurteilt
vom Oberstaatsanwalt Andergast.
Doch dessen Sohn Etzel hat
Zweifel an der Rechtmäßigkeit
des Urteils …
dtv 10839

Etzel Andergast
Joseph Kerkhoven ist ein erfolgreicher Psychiater. Aber ist er
gegen die Liebe zu einer Patientin gefeit? Etzel Andergast wird
sein Schüler …
dtv 10945

**Joseph Kerkhovens dritte
Existenz**
Seine Frau und Etzel Andergast
haben Kerkhoven hintergangen.
Die Entdeckung wirft den
berühmten Psychiater aus der
Bahn…
dtv 10995

Christian Wahnschaffe
Wassermanns Hauptwerk:
Ein Millionenerbe verläßt seine
soziale Schicht und geht zu den
Mühseligen und Beladenen.
dtv 11104

**Mein Weg als Deutscher
und Jude**
Wassermanns eigene
Erkundungen von 1904 bis 1933
dtv 11867

**Der Aufruhr
um den Junker Ernst**
Ein phantasiebegabter junger
Mann gerät in die Mühlen der
Inquisition.
dtv 12080

Die Juden von Zirndorf
Weltuntergangsstimmung am
Ende des 19. Jahrhunderts:
Agathon Geyer will dies nicht
hinnehmen und hat eigene
Visionen für die Zukunft der
Juden.
dtv 12163

Klassische Autoren in dtv-Gesamtausgaben

Georg Büchner:
Werke und Briefe
Neuausgabe
dtv 2202

Johann Wolfgang
von Goethe:
Werke
Hamburger Ausgabe
in 14 Bänden
dtv 5986

**Goethes Briefe und
Briefe an Goethe**
Hamburger Ausgabe
in 6 Bänden
dtv 5917

Ferdinand
Gregorovius:
**Geschichte der
Stadt Rom
im Mittelalter
Vom V. bis XVI.
Jahrhundert**
Vollständige Ausgabe in 7 Bänden
Mit 243 Abbildungen
dtv 5960

Sören Kierkegaard:
Entweder – Oder
Deutsche Übersetzung von
Heinrich Fauteck
dtv 2194

Heinrich von Kleist:
**Sämtliche Werke
und Briefe in zwei
Bänden**
Herausgegeben von
Helmut Sembdner
dtv 5925

Theodor Mommsen:
**Römische
Geschichte**
Vollständige Ausgabe in 8 Bänden
dtv 5955

Friedrich Nietzsche:
Sämtliche Werke
Kritische
Studienausgabe in
15 Bänden
Herausgegeben von
Giorgio Colli und
Mazzino Montinari
dtv/de Gruyter 5977

Sämtliche Briefe
Kritische Studienausgabe in 8 Bänden
Herausgegeben von
Giorgio Colli und
Mazzino Montinari
dtv/de Gruyter 5922

**Frühe Schriften
1854-1869**
BAW 1-5
Reprint in 5 Bänden
dtv 59022

Francesco Petrarca:
Canzoniere
Zweisprachige
Gesamtausgabe
Mit 5 Bildtafeln
Nach einer Interlinearübersetzung
von Geraldine Gabor
In deutsche Verse
gebracht von Ernst-Jürgen Dreyer
Mit Anmerkungen
und Nachwort von
Geraldine Gabor und
Ernst-Jürgen Dreyer
dtv 2321

Georg Trakl:
**Das dichterische
Werk**
dtv 2163

François Villon:
Sämtliche Werke
Französisch
und deutsch
Herausgegeben
und übersetzt von
Carl Fischer
dtv 2304